推しが見つかる源氏物語

平安ヒロイン事典

常田正代
TOKIDA Masayo

武蔵野書院

目次

凡例

◦本書はウェブサイト「1万年堂ライフ」上に連載した『推しが見つかる源氏物語　平安ヒロイン事典』を編集したものである。

https://www.10000nen.com/media/libraries/heian-heroine/page/2/

◦登場人物名は分かりやすさを考えて、できる限り一つの呼称とした。

◦登場人物の関係については、その回の内容におけるものとした。

◦原文を引用する時は、先に口語訳または意訳を記載した。

主な参考文献

新潮日本古典集成 源氏物語（全八巻） 新潮社
新編日本古典文学全集 源氏物語（六冊） 小学館
謹訳源氏物語（一〜十）林望著 祥伝社
源氏物語（一〜六）紫式部著、円地文子訳 新潮文庫
源氏物語（上、中、下）紫式部著、角田光代訳 河出書房新社
週刊絵巻で楽しむ源氏物語 五十四帖（全六十巻） 朝日新聞出版

はじめに

推しが見つかる源氏物語　平安ヒロイン事典

大河ドラマの主人公に紫式部が取り上げられました。

紫式部といえば『源氏物語』です。世界最古の長編小説であり、日本が誇る物語です。この作品に関心はありながらも、読むことに大きなハードルを感じている人が多いのではないでしょうか。

そんな人にまず知ってもらいたいと、『源氏物語』に登場する二十人の女性たちを紹介しました。素直になれない人もいれば、気の強い人、自由奔放な人、クールな人など、一人ひとりが個性的です。その中にはきっと、あなたの「推し」になる人がいるのではないでしょうか。そしてそれが、『源氏物語』の壮大で深遠な世界に踏み出していくきっかけになればと思います。

『源氏物語』のヒロインたちは、現代の私たちと同じように喜んだり悩んだり悲しんだりしています。

たとえば、『源氏物語』には両想いの幼馴染みが登場します。この二人は成長するにつれ惹かれあっていきますが、父親同士がライバル関係にあるため引き裂かれてしまうのです。対立する家の子供同士が恋に落ちるところは、さながら平安版の「ロミオとジュリエット」といえましょう。光源氏の長男・夕霧《ゆうぎり》と、光源氏のライバルである頭中将の娘・雲居雁《くもいのかり》です。この二人がその後どうなるかは、改めてご紹介したいと思います。

また、恋人ができないのもつらいけれど、二人の男性から言い寄られたらどうでしょう。どうしても一人に決められず、結果、失踪し川に身を投げようとしました。しかし、記憶を無くし倒れていたところを助けられ、周囲の反対の中、最後には一人になっても自ら決めた道を生きていこうと踏み出す女性がいます。

ドラマのような話ですが、ヒロインの一人、浮舟《うきふね》です。

ほかにも光源氏と結婚し、苦労を重ねてよきパートナー、相談相手になっていった女性がいます。しかし支え合っていても心の底までは理解し合えず、すれ違いばかり。人生の寂しさを感じるのです。やがては完全に頼られきってしまい、「私がいなくなったらこの人どうなるかしら」と心配せずにいられません。

光源氏が最も愛したヒロインである紫《むらさき》の上《うえ》です。

長編小説で登場人物が多いのは困りものですが、女性たち一人ひとりのことを知ると、『源氏物語』の内容が少しずつわかってきます。

この中にあなたの推しはいる？　個性豊かな二十人

これから、『源氏物語』に登場する二十人の女性たちを紹介していきます。

一、葵の上：プライドが高く、ツンデレな、光源氏最初の妻
二、六条御息所：独占欲が強いけれど、センス抜群のインテリ美人
三、空蝉：秘めた恋心とあるべき姿の間で揺れる中流貴族の妻
四、夕顔：ミステリアスな魅力で男性を虜にする儚げな佳人
五、末摘花：不器用で頑固だけれど、一途さは誰にも負けない深窓の令嬢
六、朧月夜：自由な生き方を愛する情熱的で奔放なお嬢様
七、朝顔の姫君：聡明で冷静沈着、独身を貫く才女

八、花散里：上手に悩み相談にのれる、心優しい癒し系の人
九、桐壺の更衣：儚げでいじらしい光源氏の母
十、藤壺：何もかもに恵まれた、光源氏あこがれの女性
十一、紫の上：可愛らしくて機転が利く理想のヒロイン
十二、明石の君：家族の幸せを願って人生を歩む忍耐強い母
十三、女三の宮：いくつになっても無邪気な箱入り娘
十四、玉蔓：物事に上手に対応できる容姿端麗なお姫様
十五、秋好中宮：いちばん安定した人生を送った母親想いの高貴な人
十六、雲居雁：幼馴染と恋に落ちた、明るく庶民的なヒロイン
十七、弘徽殿女御：味方になると心強い、パワフルで頼りになるお局様
十八、大君：妹想いのひかえめで奥ゆかしい姉
十九、中の君：人生の荒波にも前向きに対応する前向きな妹
二十、浮舟：ドラマチックな人生を歩む最後のヒロイン

この中で、あなたの「推し」のヒロインを見つけてみてください。

第一回　葵の上

光源氏の最初の妻・葵の上はツンデレなお姫様！ 不器用さが魅力のヒロインを解説

まず取り上げるのは、光源氏の最初の妻となる葵《あおい》の上《うえ》です。

葵の上は身分の高い家に生まれたお姫様で、プライドが高く、素直じゃないところがあります。いわゆる「ツンデレ」タイプなのですが、素直になれず、強がってしまう不器用な人、あなたの周りにもいませんか？

端然として理想的な妻の一面もある葵の上を紹介しましょう。

【今回のおもな登場人物】

・葵《あおい》の上《うえ》：この回の主人公
・光源氏《ひかるげんじ》：葵の上の夫
・頭中将《とうのちゅうじょう》：葵の上のきょうだいで、光源氏の親友

・六条御息所《ろくじょうのみやすんどころ》：光源氏の愛人
・左大臣：葵の上と頭中将のお父さん

光源氏と政略結婚！　最初からギスギスした二人

葵の上の父は左大臣、母は帝の妹で、とても身分の高い両親のもとに生まれました。将来は皇太子（将来、帝になる人）の妃にふさわしい女性となるよう、とても大切に育てられたのです。ところが父は、皇太子ではなく、帝が一番可愛がっていた二番目の息子である光源氏と葵の上を結婚させることにしました。いわゆる政略結婚です。

葵の上からすれば、もっと高い身分になれるはずだったという思いもあり、誰よりも大切にされて当然と考えています。一方、夫となった光源氏は藤壺《ふじつぼ》という女性にあこがれていたため、葵の上を大切にしようという気持ちになりません。結婚したものの、最初からギスギスしていた二人なのでした。

葵の上の兄弟で、光源氏の親友・頭中将《とうのちゅうじょう》は、何事にも落ち着いて対応できる葵の上は結構理想の妻なのにと思います。しかし光源氏は、隙がないからこそ一緒にいても心が休まらないんだ、という気持ちでした。

葵の上の性格が分かる二つのエピソード

結婚後、光源氏に対してずっとそっけない葵の上。

そんな葵の上のツンツンしている性格がよくわかるエピソードを二つ紹介しましょう。

①療養明けの光源氏に放った一言

結婚して六年が過ぎた頃のこと。体調を崩してしばらく療養していた光源氏が、久しぶりに葵の上のもとを訪れました。久しぶりに会ったというのに、葵の上はまるで絵に描いた物語のお姫様のように座って身じろぎもしません。

光源氏は、「私は病気で苦しんでいたのに、「具合はどうですか？」と聞いてくれないんですか？」と葵の上に言葉をかけました。この時の葵の上の様子が次のように書かれています。

「「具合はどうですか？」と聞かないのはひどいことでしょうか」と、流し目で光源氏を見る葵の上のまなざしは、たいそう近づきがたい気品に満ちてうつくしい。

【原文】

「問わぬはつらきものにやあらん」と後目《しりめ》に見おこせたまえるまみ、いとはずかしげに気高ううつくしげなる御容貌《おんかたち》なり。

この言葉には、なかなか自分の元へ来てくれない光源氏への不満も含まれていました。しかし、葵の上は決して感情的に怒ったりすることはなく、あくまでもツンとした態度で言葉にするのでした。

②六条御息所との「車争い」

また、葵の上には有名な「車争い」のエピソードがあります。

あるとき光源氏が賀茂祭に関わる行列に参加することになり、彼の晴れ姿を見たい、と葵の上の女房（お世話をする人）たちが言いました。このとき、葵の上は妊娠していたので、つわりで気分が悪く、出かけるつもりはまったくありません。しかし母親にも勧められて、仕方なく遅くに出かけたのです。

行列の見物場所である一条大路は牛車などでいっぱいでした。葵の上の従者たちは、見やすい場所を探して他の牛車を無理やり押しのけていきます。その中になんと光源氏の愛人である六条御息所《ろくじょうのみやすんどころ》の牛車がありました。

六条御息所の従者たちは腹を立て、どちらも若者たちが酒に酔っていたこともあり、車争いとなったのです。

葵の上の従者たちは「光源氏様の愛人ふぜいが…、こちらは正妻の葵の上様だぞ！」とさんざん乱暴をはたらいて御息所の車を傷つけ、奥にのかせました。つわりで体調が悪かったからでしょうか、葵の上はその様子を見ていたのに、何も注意しません。たくさんの人の前で大恥をかかされた六条御息所は屈辱をかみしめ、葵の上を大変憎むようになったのです。

誤解されやすい？　葵の上の愛すべき二つの面

この二つのエピソードを読むと、葵の上は冷ややかな人だと感じてしまうかもしれません。しかし、これはあくまでも彼女の一面です。ここからは、葵の上の別の部分を見ていきましょう。

①感情的にならず、悪口も言わない

葵の上の特徴は、どんなときも感情的にならなかったことです。人の悪口を言うこともありませんでした。

『源氏物語』の他のヒロインたちには、嫉妬したり、感情的になったりする場面がしばしば登場します。しかし、葵の上にはそういった場面はありません。光源氏が他の女性のところへ行っても、常に端然としています。嫌な思いをしていても、光源氏が冗談を言えば無視することなく相応の返事を返しました。

②やきもちや不満を伝えられない不器用さ

感情を表に出さなかった葵の上ですが、何も感じていなかったわけではありません。心の中ではさまざまな感情があったことでしょう。ただ、彼女は物分かりがよすぎるために、それを言葉にすることができませんでした。

『源氏物語』が書かれた平安時代は、夫が妻の家に通う「妻問い婚」という形が主流です。しかし、光源氏は葵の上の元へなかなか訪れません。彼女は、自分が大切にされないのが許せませんでした。

光源氏は若紫《わかむらさき》という女の子を自宅に引き取ってくるのですが、その噂は葵の上の耳にも入ります。他の女性を大切にしていると聞けば、面白くありません。こんな時、他の女性であればそれを素直に伝えるでしょうが、葵の上は、浮気を隠そうとしない人には何を言っても仕方ないと理性的に考えてしまうのでした。

プライドの高さもあり、そっけない態度で素直にやきもちをやけない。そんな不器用さは、彼女の愛すべき点かもしれません。

葵の上の出産と夫婦の別れ

そんな、最初こそすれ違いばかりだった葵の上と光源氏でしたが、葵の上の妊娠を機に少しずつ距離が縮まっていきます。葵の上は初産の不安もあって心細く、普段のツンとした態度は影をひそめていました。

光源氏は妻の初めての妊娠を喜び、葵の上を愛しく思いはじめます。ところが、葵の上の容態が悪くなり、彼女は寝込んでしまうのです。光源氏は我が子を身ごもる妻が心配で付き添い、看病します。

やがて産気づいた葵の上はとても苦しそうな様子でしたが、難産の末に男の子が生まれました。周囲はたいへんな喜びに包まれ、夫婦の心も通い始めます。葵の上は母となり、光源氏と温かな関係が築けるかもしれない、と希望を抱いたのではないでしょうか。
数日後、光源氏は宮中に出かける前に葵の上の元へ行き、寄り添います。葵の上をじっと見つめ、「早く帰ってくるから、こんなふうにずっと近くにいられたら嬉しい。元気になっておくれ」と言葉を残しました。
そのあとの葵の上の様子が次のように書かれています。

葵の上は横たわったまま、その光源氏の後ろ姿をいつもよりじっと見つめて見送りました。

【原文】
常よりは目とどめて見いだして臥したまえり。

そしてその夜、人気のないひっそりした屋敷の中で容態が急変、葵の上は息を引き取ったのです。

まとめ――不器用さが心に残る葵の上

永遠の別れとなった「見送り」の場面で、葵の上が珍しく光源氏をじっと見つめていたのは、予感するものがあったからでしょうか…。それとも少し素直になりかけた葵の上自身、「あなたのお帰りを待っています」くらいは語りかけたかったのでしょうか。少なくとも、光源氏を引き止めたい気持ちは伝わってきます。

いつもツンとした態度の葵の上は、多くの人から冷たい女性のように思われてきましたが、本当は光源氏と心を通わせたかったのではないでしょうか。

あまりにも理知的で、コミュニケーションがうまくとれないために、他の女性のような弱さを出せない。そんな気丈さと不器用さが心に残るヒロインです。

＊＊＊

では、なぜ葵の上は亡くなってしまったのでしょうか。実は、光源氏は出産を控えて苦しむ葵の上が六条御息所そっくりの声を発するのを聞いています。それはまるで六条御息所が葵の上にとりついたような様子でした。

葵の上が急死したのも、そんな物の怪のせいではないかと言われているのですが、真相はどうなのでしょうか。六条御息所を紹介しながら迫ってみたいと思います。

第二回　六条御息所

女性が共感するヒロイン・六条御息所ってどんな人？　インテリ美女の恋愛事情を解説

六条御息所《ろくじょうのみやすんどころ》は、頭も切れ、センスの良さも教養の深さも抜群のインテリ美女です。しかし、一般的にはプライドが高くて嫉妬深く、〝物の怪〟になって光源氏の妻たちにまとわりついた怖い女性、というイメージがあります。はたして、六条御息所はどんな女性なのでしょうか。「女性からの共感度ナンバーワン」と言われる彼女の心情をたどりながら、紹介していきたいと思います。

【今回のおもな登場人物】

・六条御息所《ろくじょうのみやすんどころ》：この回の主人公
・光源氏《ひかるげんじ》：六条御息所の恋人
・葵の上《あおいのうえ》：光源氏の正妻

・六条御息所の娘：亡くなった夫との間に生まれた子

年下の恋人・光源氏との関係に悩む

六条御息所は、十六歳で皇太子の妃になり、翌年に女の子を出産したものの、二十歳で皇太子と死別し未亡人になりました。その後何年か経って、光源氏から真剣な告白を受けたようです。最初は光源氏がどれだけ素晴らしい男性といっても七歳も年下、元皇太子妃で未亡人である自分が彼の恋人になどなれない、と受け入れませんでした。しかし、光源氏のアタックは猛烈で、とうとう根負けしてしまったのです。

二人が付き合うようになると、六条御息所が光源氏にのめりこみます。光源氏はこの世の人とは思えないくらい美しい男性で、教養やセンスのレベルも高く、魅力ある人だったのでしょう。ただ、年上であることの引け目や元皇太子妃のプライドもあってか素直になれず、光源氏と逢っていても彼の心を癒すことができません。

口説き落とすまではすごい熱意で言い寄ってきたものの、光源氏の足は次第に遠のいていきます。六条御息所のプライドはひどく傷つき、くよくよ悩んで悲しみに沈みました。

正妻・葵の上とのバトル「車争い」

そんな光源氏との関係が続いていた時に起こったのが、光源氏の正妻である葵の上との「車争い」でした。

六条御息所が二十九歳の時のこと、彼女の一人娘が伊勢（今の三重県）に行くことになりました。光源氏を頼りにしたままではだめだと、娘と一緒に伊勢に行くことを考え始めたのです。光源氏は自分を丁重に扱ってくれても、正式な妻として認める気がないのは分かり、自分の方が年上という恥じらいや遠慮で何も言えず、思い詰めることしかできません。

その頃、光源氏が賀茂祭に関わる行列に参加することになりました。光源氏の晴れ姿を一目見て、少しでも心を慰めたい、と六条御息所はお忍びで出かけます。早くから見物場所の一条大路に着いて、ほどよい所で牛車を止めました。

日が高くなると、隙間なく物見車が立ち並び混雑してきます。その中で、むりやり割り込んでくる牛車がありました。力づくで辺りの車を立ち退かせているのです。葵の上の従者たちでした。

彼らは六条御息所の牛車にも手をかけてきました。「光源氏様の愛人ふぜいが…、こちらは正妻の葵の上様のお車だぞ」とさんざんに乱暴をはたらき、六条御息所の牛車を破損させて、奥に押しやってしまったのです。

光源氏を愛する六条御息所の悲しみ

牛車が奥に押しやられてしまった六条御息所は何も見えません。しかも、こっそりと光源氏の姿を見にきたことや、正妻側に牛車まで壊され押しやられたことを世間中に知られてしまい、恥ずかしさにうちひしがれます。帰ろうとしますが、出ていく隙間もありません。そこへ「行列が来たぞ」という声が聞こえます。

六条御息所は、光源氏の姿をなんとか一目見たいと思いました。六条御息所からは光源氏の姿が見えましたが、光源氏は奥に押しやられた彼女の車には気づかず、ちらりとも視線を向けません。その様子に六条御息所の心は千々にかき乱されます。

光源氏は葵の上の車には気づき、きりりと表情を引き締めて通っていきました。

六条御息所は自分だけ無視された、とみじめな気持ちです。側にいる女房（お世話する人）たちに見られてしまうと分かっていても、流れる涙を止めることができません。しかし一方では、こんなに輝く光源氏を見なかったらさぞ残念だっただろう、という思いもありました。

光源氏のことを愛していたのです。

車争いの一件を聞いた光源氏は驚いて謝りに行きましたが、六条御息所は会いませんでした。彼に謝ってもらうことでもなく、また一層つらくなると思ったからかもしれません。

周りから大切にされる葵の上への嫉妬

このあと六条御息所は、以前にもまして思い悩むことが多くなりました。光源氏にはもう愛されないだろうとあきらめているものの、都（京都）を離れて伊勢（三重県）に行くのも心細く、世間は自分を笑い者にするだろう、と悩みます。一方で、京に残れば今回の車争いのように大恥をかかされて、人々に見下される。それも耐え難いことでした。

寝ても覚めても悩んで、意識もうろうとした状態です。そんなとき、葵の上が病を患い、光源氏や帝をはじめとする世間中が彼女の容態を心配していることが聞こえてきます。六条御息所は穏やかではいられません。私のことを本気で心配してくれる人はいないのでは…という気持ちでしょう。

六条御息所は、これまで葵の上に敵対心を持ったことはありませんでした。ところが、車争いがあってから憎しみの感情が湧き出てくるのです。

こんな夢を見るようになりました。

少しうとうとすると夢を見る。夢では、葵の上らしき人が美しく着飾っているところに出向き、彼女をつかんだり小突いたりする。そのうちにいつもと全く違う荒れた気持ちになり、葵の上が起き上がれないほど激しく叩く。そんな夢を何度も見ている。

【原文】
すこしうちまどろみたまふ夢には、かの姫君とおぼしき人の、いときよらにてある所に行きて、とかく引きまさぐり、うつつにも似ず、たけくいかきひたぶる心いできて、うちかなぐるなど見えたまふこと、度かさなりにけり。

六条御息所の物の怪のうわさ

葵の上の容態はどんどん悪くなり、とても苦しんでいるとか。世間では六条御息所の物の怪では、とうわさされているのが耳に入ってきます。

物の怪とは、死霊、生き霊、魔物の類いをまとめて言います。当時は人にとりついて、病気にさせたり死なせたりするものだと信じられていました。

「自分の不幸を嘆くことはあっても、他人を悪く思うことなどないのに…」

【原文】

身一つの憂き嘆きよりほかに、人をあしかれなど思う心もなけれど…。

他人の不幸を願うなど考えられない。でも、もしかしたら私は物の怪になって葵の上に取りついているのかも…。六条御息所は自分の心を見つめて苦しみます。

やがて葵の上が無事に男の子を出産したという知らせが入りました。六条御息所はますます穏やかではいられません。危篤という噂もあったのに安産だとはいまいましい、という思いが心をかすめるではありませんか。自分でも驚いたことでしょう。

葵の上の急死…。光源氏からの手紙

ところが、世間中から祝福されていた葵の上は、数日して急死してしまいました。葵の上の両親、兄弟、光源氏はもちろん、人々はたいへん驚き悲しみに暮れます。六条御息所も驚いて、光源氏にお悔やみの手紙を送りました。

しかし、六条御息所の物の怪が葵の上に取りついたのをはっきり見た、と思っている光源氏は嫌でたまりません。次のような歌を送ってきました。

とまる身も消えしもおなじ露の世に　心置くらんほどぞはかなき
（生き残った者も亡くなった者も同じ、露のようにはかないこの世に執着しているのはつまらないことです）

あなたは、はかないこの世の男女のことや、恥をかかされた憎しみに執着していませんか。執着しているから、物の怪になってわが妻、葵にとりついたのでしょう…。何とつまらないことでしょうか、と。

やはり私が物の怪になって葵の上に取りついていたと光源氏は言いたいのだわ。

年甲斐もなく恋に夢中になって、こんなみじめな状況になってしまった…、と六条御息所は消え入りたい気持ちになりました。

物の怪とは何か？　作者・紫式部の考え

怖い女性というイメージのある六条御息所ですが、彼女の心情を見ていくと、いろいろと悩んでいたことが分かります。葵の上と自分の立場を比べて、嫌な心が出てきてしまうのも無理はないかもしれません。

彼女が怖いイメージを持たれている理由の一つには、物の怪が挙げられるでしょう。作中でも、六条御息所の生霊が葵の上にとりついたのではないか、と光源氏も六条御息所自身も思っています。ところが、作者である紫式部の考えは違うようです。

物の怪について、『紫式部集』で次のように詠んでいます。

亡き人にかごとをかけてわずらうも　おのが心の鬼にやはあらぬ

【意訳】

「物の怪になって自分にとりついた」と、死んだ人に濡れ衣を着せて苦しんでいるけれど、本当は自分の心の鬼ではありませんか。

紫式部は〝物の怪〟の正体を〝物の怪がとりついたと苦しむ人の心の鬼、疑心暗鬼などではないか、と主張しています。光源氏が六条御息所の悲しみに思いをはせる時、彼のうしろめたさが物の怪となって見えたのではないでしょうか。

六条御息所は娘思いの母親だった！　光源氏へ託した最後の願いとは

ここから、六条御息所の嫉妬深い、怖い部分とは別の側面について紹介していきます。

六条御息所の二つの魅力

まず、六条御息所の印象的な場面について見ていきましょう。
彼女の特徴は大きく二つあります。

①光源氏が恋した教養とセンス

六条御息所を語る上で欠かせないのは、彼女の教養の深さとセンスです。『源氏物語』には多くの女性が登場しますが、六条御息所以上の人はいないのではないでしょうか。光源氏は、のちに六条御息所とのことを振り返ってこのように言っています。

…御息所が何気なく筆を走らせた一行くらいの、何でもないものを手に取った時、抜きん出て上手な筆跡だと思った。

【原文】

御息所の、心にも入れず走り書いたまえりし一行〈ひとくだり〉ばかり、わざとならぬを得て、際ことにおぼえしはや。

文字が上手に書けることは、すべての教養の高さを示すもの。光源氏はこのことをきっかけに、七歳年上の六条御息所に恋心を抱き、真剣に猛アタックをするようになったのです。また、ある大きな事件を起こし、光源氏が須磨（兵庫県）で謹慎になった際には手紙を送っています。その手紙の筆づかい、選ぶ言葉は誰よりも優れ、歌も墨の濃淡みごとにしたためました。こういったセンスの良さから、光源氏は「話をしていて一番面白い」とも感じていたようです。

②嫉妬深さは愛情深さの裏返し

正妻である葵の上が亡くなったあと、今度こそ六条御息所が光源氏の正妻になるのではと世間で噂され、女房（お世話する人）たちも期待しました。しかし、かえって光源氏の足は遠のき、まったく冷たい態度でした。六条御息所にはその理由が分かるので、彼への未練を断ち切って娘と一緒に伊勢（三重県）に行くことを決意します。

ところが、六条御息所の考えを知った光源氏は名残おしくなって、心をこめた手紙を何回か送ってくるのです。

そんな晩秋、光源氏が六条御息所のところに訪ねてきました。来ても逢うまいと思っていた六条御息所ですが、冷たい態度をとり続けるほど強くはなく、ため息をつきながら、ためらいがちに出ていきます。一方で光源氏も縁側に上がってきます。泣き出す光源氏の姿を見て、六条御息所の恨みも消えていくようでした。

ゆっくりと物悲しく空が明ける頃、立ち去りがたい光源氏は歌を詠みました。

暁の別れはいつも露けきを　こは世に知らぬ秋の空かな
（あなたと別れる夜明けはいつも涙に濡れていました。しかし今朝の別れはかつてなかった悲しい秋の空です）

六条御息所も歌を返します。

おおかたの秋の別れもかなしきに　鳴く音な添えそ野辺の松虫
（ただ秋が過ぎるというだけで人は悲しくなるのに、野辺の鈴虫よ、そんなふうに鳴かないで）

どれだけ冷たくされても、思いを断ち切ることができない心情があらわれています。嫉妬深さが強調されてしまう六条御息所ですが、裏を返せばそれだけ光源氏を愛していたということでしょう。

光源氏へ託した娘への思い

六条御息所は、このあと娘について伊勢に行き、六年が過ぎたころ娘とともに都に戻りました。彼女はかつて住んでいた家を修理して、優雅に暮らし始めます。趣味の良さは変わらず、すぐれた女房、風流な貴公子たちが集う素敵なサロンの場となっていました。

光源氏は何かと見舞いをしてくれ、これ以上ないほどの世話をしてくれますが、六条御息所は、「今さらよりを戻してつらい思いをしたくない」と、彼のことは考えないようにしていました。

そんな折、六条御息所は急に重い病にかかったのです。彼女は心細くなり、また今までの行いを振り返って恐ろしくなり、出家しました。驚いて挨拶に来た光源氏の心のこもった言葉や、激しく泣く姿に、六条御息所も胸がいっぱいになって、光源氏に一人娘のことを頼みます。遺言でした。


…すべてがしみじみと胸に迫り、娘の今後のことをお願いなさる。

「…ほかにお世話を頼める人もなく、この上もなく、かわいそうな境遇です」


【原文】

…よろずにあわれにおぼして、斎宮の御ことをぞ聞こえたまう。

「…また見ゆずる人もなく、たぐいなき御ありさまになん」

ただ、恋人扱いはしないようにくぎを刺すことも忘れませんでした。

「…苦しかった私の人生で考えても、女は思いもよらぬことで、悩みを重ねるものですから、どうか娘にはそんなつらい思いをしないでもらいたい、と思っています」

【原文】

「…憂き身を抓みはべるにも、女は思いのほかにてもの思いを添うるものになんはべりければ、いかでさるかたをもて離れて見たてまつらんと思うたまうる」

自分がつらい思いをしただけに、よけいに娘の幸せな人生を願わずにいられなかったのでしょう。

まとめ——恋に生きた六条御息所、母としての顔

六条御息所は女性読者の中では共感度ナンバーワン、とよく言われています。しかも読者が

人生経験を重ねていくにつれ、共感度は増していきます。また、様々な悩みを抱える中で、光源氏の教養の世界を最も理解して愛したのが六条御息所でした。

ただ、恋愛に一途になりすぎるがあまり、娘のことがおろそかになってしまったところもあるでしょう。母として、娘にしてやりたかったことがもっとあったに違いありません。最後の最後で、「自分のようにはならないでほしい、娘に幸せに生きてもらいたい」と願っていたのが印象的でした。

第三回　空蝉

光源氏を振ったヒロイン・空蝉とは？
恋心とモラルに揺れる中流階級の女性

光源氏に初めて失恋の衝撃を与えた女性、空蝉《うつせみ》を紹介します。空蝉は光源氏から逃げ続けたことで有名です。しかし、決して光源氏を嫌っていたわけではありません。心は彼に惹かれながらも、拒み続けていたのです。では、なぜ空蝉は光源氏を拒んだのでしょうか。作者の紫式部がモデルと言われている、空蝉の心の内をのぞいてみましょう。

【今回のおもな登場人物】

・空蝉：この回の主人公
・光源氏《ひかるげんじ》：上流階級の人
・小君《こぎみ》：空蝉の幼い弟
・空蝉の夫：中流階級の貴族

・継子・継娘：夫と前妻との子供たち

空蟬はどんな人？

空蟬はもともと上流貴族の娘でした。父親は宮中に妃として入れたかったようですが、その父が亡くなり、宮中に入ることはできませんでした。結局、親子ほど年の離れた中流貴族の後妻になりました。夫は空蟬との結婚を喜んでいましたが、彼女は、中流貴族の身分に落ちたことを恥ずかしく思い、夫に対しての愛情は淡々としたものでした。

地味ではありますが、立ち居振る舞いが上品で控えめな女性です。

光源氏との出会い

空蟬と光源氏の出会いは梅雨の頃でした。空蟬は事情があって、継子（夫と前妻の子ども）の家に移っていた時、光源氏が片違《かたたが》えで泊まりに来たのです。片違えとは目的地に向かう方角が悪いとされるときに一度別の方角に出かけ、そこから元の目的地へ向かうという当時の習慣です。

光源氏は友人から、中流階級には魅力的な女性がいると聞き、関心を持っていました。そのため、空蝉のところにやってきたと言えるでしょう。

みんなが寝静まり、空蝉も眠っていた時、ふと、空蝉の上にかけてある着物がとられます。空蝉は目を覚ましましたが、女房（お世話をする女性）だと思って安心していました。ところが男の声がしたのです。客人の光源氏でした。空蝉は「あっ」と脅えた声を出しましたが、顔にかぶさった着物で消されてしまいます。光源氏は真剣に切々と恋慕の情を訴えてきました。夫のいる身で、あってはならないと情けなく、空蝉は「人違いでしょう」と言うのが精一杯です。光源氏のうつくしさ、魅力に圧倒されながらも拒み続ける空蝉は、簡単には手折れそうもありません。

しかし、結局は結ばれてしまいます。


「嫁ぐ前の娘の時ならば、分不相応なうぬぼれでも、いつかは愛してくださるかもしれないと、慰められるでしょう。

しかし、一時の気まぐれの逢瀬だと思うと、どうしようもなく悲しいのです…」


【原文】

いとかく憂き身のほどのさだまらぬ、ありしながらの身にて、かかる御心ばえを見ましかば、あるまじき我頼みにて、見なおしたまう後瀬をも思うたまえ慰めましを、いとこう仮なる浮寝のほどを思いはべるに、たぐいなく思うたまえまどわるるなり。

光源氏は誠心誠意慰めますが、空蝉は打ちひしがれました。

逃げる空蝉！　光源氏との二度の攻防

光源氏との出会いからしばらくして、一緒に暮らしている幼い弟、小君が光源氏の手紙を預かって持ってきました。うまく手なずけられたようです。

手紙には次のように書かれています。

見し夢をあう夜ありやと嘆くまに　目さえあわでぞころも経にける

（先だっての夜の夢が現実となって、もう一度逢える夜があるだろうかと嘆いていると、眠れぬまま何日もたってしまいました）

空蟬の元には光源氏からの手紙がしょっちゅう届きました。小君が持ってくるのです。
このあと、空蟬と光源氏は二度の攻防を繰り広げることになります。

①光源氏から予告の手紙が来る

ある日、光源氏から空蟬に手紙が届きました。そこには今晩彼が訪ねてくることが書いてあります。会ったところで、あの夜の悲しみを繰り返すだけ。彼を待ち焦がれているようなのもはしたない…。空蟬は悩みましたが、肩や腰を叩いてもらいたいと女房の部屋へ逃げることにしました。

「独身で実家にいて、たまにでも光源氏様が来てくれるのを迎えるなら、幸せだっただろう。光源氏様は、中流の身分でありながら拒む私を、どんなに身の程知らずと思っていることか」

空蟬の心は切なくて乱れますが、これが私の人生だから、強情な女だと思われたままで通そうと決めました。

空蟬に逢えなかった光源氏は次のように詠みます。

帚木〈ははきぎ〉の心を知らでそのはらの　道にあやなくまどいぬるかな

（近寄ると消えるという伝説の木、帚木のような冷たいあなたの心を知らず、近づこうとして、園原の道にむなしく迷ってしまいました）

一睡もできなかった空蟬は歌を返しました。

数ならぬふせ屋におうる名の憂さに　あるにもあらず消ゆる帚木
（ものの数にも入らない貧しい家に生えているのが情けなく、いたたまれずに消えてしまう帚木、それが私です）

②光源氏が予告もなく訪れる

空蟬は光源氏との一件以来、眠りの浅い日が続いています。

ある夜のこと、彼女は継娘と二人、同じ部屋で寝ていました。ふと衣ずれの音とともに、決して忘れることのできない香が漂ってきたのです。暗い中でも誰かが近づいてくるのがはっきり見えます。間違いなく、光源氏でした。

前回手紙で知らせて逃げられてしまったことから、今回は予告なくやってきたのです。空蟬は「なんということだろう…」と思い、そっと起きて、すべるようにその場を抜け出しました。自らの薄衣を残して。

光源氏は空蟬の残した薄衣をさりげなく拾って、明け方近くに帰っていきました。こんなに拒まれるなど経験したことのない光源氏は、心中悔しくてたまりません。光源氏はあらたまった手紙を書くのではなく、懐紙（ふところがみ：懐に携帯し、メモなどをする紙）に歌を書きつけました。

うつせみの身をかえてける木〈こ〉のもとに　なお人がらのなつかしきかな
（蟬が脱け殻を残して去ってしまった木の下で、もぬけの殻のように薄衣を残して去ったあなたの人柄に、やっぱり心惹かれます）

小君がそれを持ってきて、姉に見せます。空蟬は、光源氏の使い走りになっている弟を厳しく叱りました。でも、その紙にじっと見入ってしまいます。しばらくして、同じ紙の端に、歌を書きつけるのでした。

うつせみの羽〈は〉に置く露の木隠〈こがく〉れて　忍び忍びに濡るる袖かな

（空蝉の羽についた露が、木陰からは見えないように、私の袖も、人目につかずにひっそりと涙に濡れることよ）

空蝉が光源氏を拒む二つの理由

空蝉は光源氏の魅力に惹きつけられながら、なぜこんなにも拒むのでしょうか。それには二つの理由があります。

①恋愛に対する価値観

一つの理由は、夫のある身で、光源氏と関係を持ちたくないという気持ちからです。空蝉は光源氏と出会ったとき、「まだ独身の時ならよかったのに…」と切なく思っています。彼女の中には、夫のある身で他の男性と付き合うべきではないという価値観があったのでしょう。

ですから、あるべき生き方を貫き、自分の恋心には蓋をしたのでした。ここに空蝉という女性の人柄があらわれているように思います。

②身分違いの意識

もう一つの理由は、上流階級の光源氏と、中流階級の夫の妻になった自分との身分の違いを意識していたからです。また、身分や容姿、年齢を思っては、光源氏とはあまりにも釣り合わないと恥ずかしく思っていました。自分はもともと上流階級の生まれだったというプライドも当然あったでしょう。だからこそ、光源氏の一時的な慰めの対象になりたくないという強い意志を持っていたのです。

結果的に彼女は、光源氏の心に深く残る女性となりました。

光源氏への秘めた恋心

その後も光源氏からは時々手紙が届き、返事だけは書きます。本当にいやなら返信をしなければいいのですが、光源氏に忘れられたくない空蟬は書かずにいられません。秋も過ぎていく頃、光源氏が病気と聞き、自分から手紙をしたためました。自分のことを忘れたのではないか、と思ったからでした。光源氏から返事がきます。

空蟬の世はうきものと知りにしを　また言の葉にかかる命よ

（この世はつらいものと思い知ったのに、またあなたの言葉にすがって生きようと思います）

空蟬は心をときめかせるのでした。しかしその年の冬の初め、空蟬は夫と伊予（現在の愛媛県）に行くことになりました。その際光源氏から送られてきた餞別の中に、自分が残した薄衣があるではありませんか…。光源氏は、「また逢うまでの形見と思っていましたが、薄衣の袖も私の涙ですっかり朽ちてしまいました」と手紙を添えています。

空蟬は返事を小君に持たせました。

蟬の羽〈は〉もたちかえてける夏衣〈ごろも〉かえすを見てもねは泣かれけり

（蟬の羽のような夏衣を裁ちかえて、衣がえをすませた今、あの時の薄衣をお返しになるなんて、蟬のように泣かずにはいられません）

光源氏に持っていてほしかったのです。

出家しても続く光源氏との縁

その後何年か経って、空蟬は夫とともに都へ帰ってきました。空蟬の夫はまもなく老衰のため亡くなってしまいます。夫は空蟬のことを大変心配し、子どもたちにくれぐれも大切にお仕えするように、と遺言しました。しかし、しばらくすると子どもたちの態度は冷たくなり、一人ずっと親切だった継子は空蟬に言い寄ってくるのです。継子と結ばれるなんてとんでもない、と思った空蟬は、継子から逃れるために出家してしまいました。出家したら、もう恋愛はできないからです。ところが、出家したものの、空蟬には経済的な後ろ盾がありません。当時、経済的な援助がないのに出家するのは珍しいことでした。

光源氏は空蟬を別邸に引き取ることにします。困窮していく様子を見かねたからでしょう。

数年が過ぎて二人のやり取りが語られています。

「出家したあなたのことはあきらめるしかないのですね。でも付き合いは絶えることなく…」という光源氏に対して、空蟬は「頼らせて頂き、深いご縁を知らされます」と返しました。昔話に泣く空蟬は、以前よりずっと奥ゆかしくて魅力があるように光源氏には映ります。空蟬の、秘める彼への想いもあったからでしょう。

まとめ――空蟬の心に秘めた恋心

空蟬は、光源氏との縁がずっと続いていたものの、恋愛関係になることはありませんでした。身分違いの自分が光源氏と関係を持てば、みじめな思いをすると考えたからでしょう。作者、紫式部は、変わらぬ意志の強さがあるところを、自分と重ねて書いていたのかもしれません。

しかし一方で、光源氏への恋心を断ち切ることはできなかったようです。あるべき姿と恋心の間で葛藤していた空蟬。意志を貫き通す芯の強さと、心に秘めた恋心のギャップが印象に残るヒロインです。

第四回　夕顔

どんな色にも染まる女性・夕顔の特徴とは？光源氏を惹きつけた三つの魅力

物語の中でも光源氏を非常に魅了した夕顔《ゆうがお》を紹介します。夕方に咲いて翌朝にしぼむ夕顔の花、そんな儚いイメージを持ちつつ、魅惑的で愛らしく、素直な女性です。夕顔は白い花ですが、ヒロインの夕顔も白が似合う人で、初めて光源氏とやり取りする場面では、白い扇に筆を走らせ、歌を差し出しました。夕顔の登場するシーンには、白が印象深く出てくるのはなぜか。彼女の特徴を知るとよくわかるかもしれません。

【今回のおもな登場人物】

・夕顔《ゆうがお》：この回の主人公
・光源氏《ひかるげんじ》：夕顔の恋人になる人
・頭中将《とうのちゅうじょう》：夕顔の元恋人

・玉鬘《たまかずら》：頭中将と夕顔の娘

頭中将の元を去った夕顔

夕顔の父親は上流階級の貴族でしたが、早くに両親と死別して没落したようです。光源氏と出会う前は、彼の親友かつライバルである頭中将《とうのちゅうじょう》の恋人でした。頭中将との間には娘も生まれたのですが、彼の正妻から嫌がらせを受けてどうしようもなく、彼にこんな歌を送ったのです。

山がつの垣ほ荒るともおりおりに　あわれはかけよ撫子《なでしこ》の露

（山里人のような私の家の垣根は荒れていますが、時々は、垣根に咲く撫子のようなわが子にはお情けをかけてください）

夕顔としてはこの歌から事情を察して助けてほしかったのでしょう。しかし、事情を知らない頭中将は、夕顔のもとを訪ねればいつものようにおっとりしているので、あまり気にとめませんでした。

夕顔は次のような歌も詠みます。

うち払う袖も露けき常夏《とこなつ》に　あらし吹きそう秋も来にけり

（ひとり寝の床の塵を払う袖までも涙で濡れる私に、嵐まで吹きつけ、秋までやってきて飽きて捨てられるのでしょうか）

ところが、本気で頭中将を恨めしく思うそぶりはまったく見せなかったのです。変わったことはないと思いこんでいる頭中将は、安心したまましばらく訪ねてきません。結局、夕顔は黙って行方をくらますしかありませんでした。

この当時は、結婚しても半年以上会わなければ離婚したも同然と考えられていたようです。娘のこともあり、夕顔は自分たちの生活を支えてくれる人を新たに探さなければならなかったでしょう。

光源氏を魅了！　夕顔の三つの特徴

その後、夕顔は光源氏に出会い、彼を魅了していきます。光源氏を魅了したその特徴を三点ご紹介しましょう。

①自分から歌を詠む積極性

夕顔が十九歳の、夏の日のことです。光源氏が乗っているらしい牛車が、隣家の門の前で止まっていました。光源氏のいいつけでしょうが、彼の供の者が、彼女の住む宿の塀に絡んでいる白い夕顔の花を折っています。

彼女は香を焚き染めた白い扇を女童（めのわらわ：仕えている子ども）に持たせました。「これに花を載せて（光源氏様に）差し上げてください」と女童は光源氏の従者に扇を差し出します。扇には歌が書かれていました。

心あてにそれかとぞ見る白露の　光そえたる夕顔の花
（当て推量ですが、光源氏様かとお見受けします。夕日に照らされる白露の光に美しく輝く夕顔、そのお顔は…）

光源氏は後でこの歌を読んで、興味をそそられ、次のように返歌します。

寄りてこそそれかとも見めたそかれに　ほのぼの見つる花の夕顔
（近くに寄って誰か確かめたらいかがでしょう。夕影の中、ほのかに見た夕顔を）

秋になって光源氏は夕顔のもとに通うようになりました。

②自分のことを語らないミステリアスさ

彼女は自分のことや心の内はベールに包んで、なかなか語りません。夕顔は、光源氏に自分の名前を名乗りませんでした。彼に尋ねられた時は「海士《あま》の子ですもの」と答えています。

光源氏と恋人になりましたが、彼はいつも粗末な衣装を身につけ、顔も名前も隠して、人が寝静まった夜更けにこっそりと通ってきます。夕顔は、彼が光源氏だと察しがついていましたが、身分を隠したい彼は名乗ってくれません。彼女は普通の恋と違うことに悩みを持ち、「本気で私のことを想ってくれているのかしら…」と悩みます。でも、頭中将の時と同じように、そんなそぶりをまったく見せずにとおすのでした。

互いに名乗り合わない逢瀬に、光源氏が「どちらが狐なんだろうね。黙って私に化かされていてくれませんか」と言ったのに対して、夕顔はそれでもいいかもしれない、と結構本気で思ったようです。

③慣れないことには不安になる繊細さ

積極的で、ミステリアスな夕顔ですが、一方でとても繊細なところがありました。

八月十五日の夜、仲秋の名月の日のことです。板屋の家のあちこちの隙間から、明るい月の光が漏れてきます。夕顔の屋敷に来ていた光源氏は、「こんな気詰まりな所より、もっと心休まる所で一緒に過ごそう」と誘います。彼女は「あまりにも急ですわ」と、不安な気持ちを訴えずにいられませんでした。しかし光源氏に連れられ、ある荒れ果てた人気《ひとけ》のない屋敷に出かけます。

その隠れ家の荒れようは気味が悪いほどでした。光源氏でさえもそう感じたのですから、もともと繊細で、不安いっぱいの中連れて来られた夕顔はなおさらです。夕顔は特に屋敷の奥が気味悪くてたまらず、恐怖心から光源氏にずっと寄り添わずにいられませんでした。

光源氏は、「こんなお出かけをするのは、私は初めてだけれど、あなたには経験がありますか?」と聞いてきます。

夕顔は、

山の端（は）の心も知らでゆく月は　うわの空にて影や絶えなん
（行く先もあなたのお気持ちも分からないのに、ついていく私は、山に沈もうとする月のように、
空の途中で消えてしまうかもしれません）

とひどく怖がりながら返事をするのでした。

突然訪れた別れ

出掛けた屋敷で一日、睦まじく語り合う二人…。夕顔は、光源氏の顔をはっきり見ました。二人は夕暮れのほのかな明るさに浮かぶ互いの顔を見つめ、語り合うのでした。夕顔は光源氏に少しずつ心を開いて打ち解けていきます。

その夜のことです。光源氏が少しまどろんでいると、枕元に美しい女が現れて、「こんなつまらない女を連れて寵愛するとは本当に心外でつらいことです」と恨みごとを言い、光源氏のそばにいる夕顔をかきおこそうとする夢を見ました。光源氏は太刀を抜いて置き、人を呼んで灯りを持ってこさせます。夕顔は汗びっしょりになって震えていました。

光源氏が灯りを求めてその場を離れ、やっと届いた灯りで夕顔を見ると、夢に現れた女の姿が見えて、ふっと消えました。しかしそれより気になるのは夕顔のこと、光源氏は寄り添い、「おい、おい」と揺さぶってみます。しかし、夕顔の体はどんどん冷たくなっていくばかりで、息はとうに絶えていました。

光源氏は言葉を失い、彼女を強く抱きしめます。女房の右近は泣くばかり、光源氏も呆然とするばかりでした。

六条御息所の生霊？　夢に現れた女の正体

作中、夕顔が突然亡くなってしまう展開に戸惑った人は多いのではないでしょうか。このとき光源氏の夢に現れた女は、六条御息所の生霊ではないかと言われてきました。しかし、明確に書かれているわけではなく、本当のところはわかりません。

夕顔はなぜ亡くなってしまったのでしょうか。繊細な彼女には気味の悪い屋敷に来た恐怖が極度のストレスになっており、それが彼女の心身を追い詰めてしまったとも考えられます。

夕顔を失ったことがあまりにショックで、光源氏はこのあと体調を崩してしまいました。

まとめ――ミステリアスな女性・夕顔

不思議な魅力で光源氏を夢中にさせながらも、突然亡くなってしまう夕顔。作中でも夕顔の心情はほとんど語られず、彼女が何を考えているのか、読者は想像するしかありません。彼女のイメージカラーは白ですが、白と言えば何色にでも染まることができる色です。そのように、夕顔も言われるがまま、流れるままに相手に合わせて生きていました。

二人で出かけようと話していた場面で、光源氏は夕顔に「この世だけではなく、来世も一緒にいようね」と誓います。この時に夕顔は次のように返しました。

前（さき）の世の契り知らるる身の憂さに　ゆくすえかねて頼みがたさよ

〈過去世の因縁のせいでこんなにつらい人生であると思うと、未来も頼みにできそうもありません〈幸せになれそうもありません〉〉

自分の本音を決して見せず、相手に合わせて柔軟に寄り添っていく夕顔は、どこか遊女のようだとも言われることもありますが、心の底では不安で寂しい心を抱えていたのかもしれません。

第五回　末摘花

異色のヒロイン・末摘花の魅力を解説！
光源氏を感動させた性格とは

『源氏物語』の中でも異色のヒロインである末摘花《すえつむはな》を紹介します。極端に古風な教育を受けてきて、頑固、しかも世間に疎い。更に、光源氏を驚かせたのは、衝撃的な容姿とセンスでした。そんな彼女にも、人を感動させる美点があるのです。

【今回のおもな登場人物】

・末摘花《すえつむはな》：この回の主人公
・光源氏《ひかるげんじ》：末摘花にアプローチしてきた上流貴族
・乳母子《めのとご》：末摘花のお世話をする人、側近
・叔母：末摘花を自分の娘の世話係にしようとしている

末摘花と光源氏の出会い

父は故常陸宮《ひたちのみや》（皇族で身分が高い人）で、末摘花は一人娘でした。たいへん愛されて育ちますが、後ろ盾であった父を亡くした後は生活に困窮していきます。僧侶になった兄や中流貴族の妻になった叔母は、まったく頼りになりません。あばら家の屋敷で年老いた女房たちと暮らしており、末摘花にとっては琴だけが話し相手でした。

ある年の春頃を境に、末摘花のうわさを聞きつけた光源氏から手紙が届き始めます。どうすべきか分からなかったのでしょう、末摘花はまったく返事をしませんでした。ところが秋になって、その光源氏が訪ねてきたのです。返事をもらえないことで、かえって意地になったようでした。末摘花は光源氏の来訪を知らされ、恥ずかしくてたまらず、奥へ後ずさりします。

「どのようにご挨拶すればいいかも分からないのに…」

【原文】

「人にもの聞こえんようも知らぬを」

光源氏を手引きした女房は、笑って説得します。「両親もなく、こんなに頼りない境遇なのに、いつまでも引っ込み思案なのはよくありませんよ」と。そして末摘花は光源氏と襖越しに対面します。

光源氏は、「ずっと長い間あなたを慕ってきました」と言葉巧みに話し続けますが、手紙の返事さえ書けない彼女が、何か言えるはずありません。光源氏はため息をつきます。「何度あなたの沈黙に負けたことでしょう…。いっそ嫌なら嫌と言ってください」と和歌も交えて訴えました。末摘花の乳母子（めのとご：乳母の子ども、幼馴染のような存在）が、とても見ていられずに彼女のそばに寄って、かわりに返事をします。

光源氏はこのあとも、歌を詠んだり冗談を言ったり生真面目な話をしたりしますが、何の手応えもありません。光源氏は、普通の女性とはずいぶん違うのは分かるが、自分のことをまるで問題にしていないのだろうとしゃくに障って、襖を押しあけ末摘花の部屋に入ってしまいました。

世間知らずの末摘花

末摘花自身は、身の置き場もなく、すくむような思いで、何も分からない。光源氏はうぶな方でいじらしい、と考えるものの、何か腑に落ちません。ため息をつきながら暗いうちに帰っていきました。

初めて契りを結んだ女性の元には翌朝、後朝《きぬぎぬ》の文《ふみ》と言われるものを送り、三日間続けて訪ねるのが作法です。しかし、光源氏にはもう通う気持ちがなく、手紙だけは夕方に送りました。

末摘花は、昨夜のことを思い出して恥ずかしさでいっぱいになっていました。朝来るはずの手紙が日暮れになったことが失礼であるとは分かりません。

女房たちは、光源氏が訪ねてこないことに胸が潰れる思いですが、末摘花は手紙の返事を書くよう勧められても、思い悩んで何も書けません。乳母子が教えて、色あせた紙に書かせますが、古めかしい筆跡で、その返事を受け取った光源氏は、更にがっかりします。しかし、光源氏は気の毒に思ってか、その後もときどき末摘花のところに通うのでした。

光源氏が驚いた末摘花の顔や容姿

光源氏はとにかく末摘花の姿を何とかはっきり見たい、と気になっていました。そこで、冬になって雪の降る夜に訪ねてきたのです。末摘花は相変わらず引っ込み思案で、風流な振る舞いなどとてもできません。夜が明けて、庭の植え込みに積もった雪を眺めた光源氏は彼女に、「朝の空が美しいから見てごらん…」と雪明かりに照らされるところまで誘います。

光源氏は庭を眺めるふりをしながら、必死に横目で彼女の姿を見ました。座高が高い。次に気になったのは異様な鼻です。象のような鼻で、先が垂れて赤く色づいている。額はとても広く、顔の下半分も長い。しかもガリガリに痩せている。ただ、頭の形と髪の垂れ具合だけは見事な美しさでした。

光源氏は、なぜしっかり見てしまったのだろうと後悔しながら、やはりその異様な顔かたちを見ずにいられないのです。末摘花は、普通は男性が着る黒貂《ふるき》の皮衣《かわぎぬ》を着て、袖で口元を押さえて笑うしぐさもぎこちない様です。

光源氏が歌を詠みかけます。

朝日さす軒の垂氷《たるひ》は解けながら　などかつららの結ぼおるらん

（朝日のさす軒のつららはとけたのに、あなたは張りつめた氷のようで、なぜ打ちとけてくれな

いのでしょう）

しかし、末摘花は「むむ」と笑うしかできません。すぐに返歌ができないのです。光源氏は愕然としますが、ほかの男がこんな末摘花に我慢できるはずがない、世話をするのは自分だけだと覚悟しました。

以後、光源氏からのこまごました援助が、末摘花や仕えている者たちにも届けられるようになりました。

異色のヒロイン・末摘花の二つの特徴

光源氏との出会いの場面から、彼女が引っ込み思案でどこまでも不器用な女性であることが分かります。そんな末摘花の大きな特徴を二つご紹介しましょう。

①マイペースを貫く

末摘花は、人とズレたところがありますが、本人はいたってマイペースです。

光源氏と出逢った年の末、彼に正月の晴れ着を贈ります。光源氏は「からころも」という言葉の入った奇妙な歌や、送られた衣装のセンスの無さに呆れてしまいます。しかし末摘花自身は、自分の歌をまんざらでもないと書きとめ、贈った衣装もまずまずだと思っています。

また、光源氏の養女である玉鬘が裳着《もぎ》の儀式（成人式）を挙げたとき、そのお祝いも、古めかしく色あせた衣裳と、相変わらず時代遅れの「からころも」の歌です。「からころも」を歌に入れるのは、現代で言えば、何年も前の流行語をいまだに使っているようなものでしょうか。時代遅れの言葉を会うたびに言われたら、その人のセンスを疑います。

ちょうどそのように、光源氏は腹立たしさとおかしさに耐えられない思いで返歌を詠んで、玉鬘に見せずにいられませんでした。

彼が詠んだのが次の歌です。

「唐衣またからころもからころも　かへすがへすもからころもなる」

（唐衣、また唐衣唐衣、繰り返し何度も唐衣であることよ）

末摘花は、人にどう思われるかよりも、自分の感性を大事にしていたのではないでしょうか。物語の中の深刻なシーンのあとに末摘花が登場すると、どこかホッとできるような気がします。

②なかなかまねできない、純粋で一途な心

実は末摘花と光源氏が出逢ってから数年後、光源氏はたいへんな事件を引きおこし、須磨や明石（兵庫県）に移って生活することになりました。足かけ三年に及びますが、この間光源氏はすっかり末摘花を忘れてしまっていました。

末摘花の生活は困窮を極めます。女房たちは逃げていき、家はどんどん廃れていきました。ふくろうが鳴き、狐のすみかとなるありさまです。家を譲ってほしいという人や、昔風の立派なつくりの家具や道具類を買いたいという人もいたのですが、彼女は頑として聞き入れません。父が自分のために残してくれたものは守りぬかねばならない、という思いで、困窮した生活を少しでも何とかしたいと考える女房たちを諫めるのでした。

末摘花には中流貴族の妻になっている叔母がいました。この叔母は、生前の末摘花の母から一門の恥になる結婚をした、と見下げられたことを恨んでいて、末摘花を自分の娘たちの女房（世話係）にしてやろう、と企んでいました。夫の赴任で彼女を一緒に筑紫（福岡県）に連れていこうとしますが、末摘花は承知しませんでした。

光源氏が都に帰ってきたとうわさには聞くものの、末摘花の元を訪ねてくれる気配はありま

せん。彼女は二人の仲がこれで終わりなのかと悲しくなって、声を上げて泣くこともありました。「光源氏は別の女性に夢中で、こんな所に訪ねてきてくれるはずがない」という叔母の言葉にも追い詰められます。でも彼女は、いつか必ず自分を思い出して訪ねてくれるに違いない、と信じて待つのです。

末摘花には心こめて仕えてくれる乳母子がいましたが、筑紫に行く叔母が無理やり連れていくことになりました。末摘花はこの時も声を上げて泣きます。それでも、光源氏が来るまで独りぼっちの寂しさにも、悲しさにも、困窮した生活にも耐えると決めていました。

光源氏との再会

光源氏が須磨、明石から都に帰ったのは二十八歳の秋でした。光源氏は末摘花のことを忘れたまま、翌年の夏になります。

光源氏はある女性を訪ねようと出かけましたが、途中、あまりにも荒れ果てた屋敷がありました。「前にも見た感じの木立だなあ」と思いめぐらし、はっとします。末摘花の屋敷ではないか！　早速確かめたところ、彼女は昔と変わらずに、光源氏をひたすら待って住んでいることが分かりました。光源氏はたまらなくかわいそうに思い、今まで忘れ去っていた自身の薄情さにいたたまれない思いになります。

末摘花は父の夢を見て、父を慕って泣いていたところでした。待ちわびていた光源氏がやっと訪ねてきてくれ、とても嬉しい気持ちです。光源氏は長らく訪問しなかったことを詫び、いろいろ話しかけます。末摘花は例によって、すぐには返事ができません。けれども、こんな雑草の生い茂る中を踏み分けて来てくれた彼の心は浅くないと思い、勇気を出してかすかに返事をするのでした。

光源氏は、

藤波のうち過ぎがたく見えつるは　まつこそ宿のしるしなりけれ
（波のように揺れて咲く藤の花を見過ごせずに訪ねたのは、藤のまつわる松の木に、いつまでもまつあなたの屋敷と見覚えがあったからなのです）

と歌を詠みます。すると、末摘花は、

年を経て待つしるしなきわが宿を　花のたよりに過ぎぬばかりか

（長い年月、ひたすらお待ちしても何の甲斐もなかった私のすみかを、藤の花を愛でるついでにだけ、少し立ち寄った、ということでしょうか）

と、歌を返したのです！

自分では歌はもちろん、返事もすぐにはできなかった末摘花が、十年経って成長しました。光源氏は彼女の忍びやかな身動きする気配や、ゆかしい袖の香りに、昔よりは大人びたのかと意外な気持ちになるのでした。

光源氏が感動した誠実さ

しかし、何よりも光源氏を感動させたのは、末摘花の誠実さでした。彼は地位をなくし、須磨・明石に移って苦労したことから、人間がいかに利害打算で手のひらを返すかも身に染みて経験してきました。だからこそ、どれだけ貧しい生活を強いられても、何年も音沙汰がなくても、ひたすら光源氏を待ち続けた末摘花には非常に心打たれるものがあったのです。この後は、光源氏からの手厚い世話のおかげで、屋敷も修理してもらい、女房たちも戻ってきました。二年後には光源氏の別宅、二条東院《にじょうひがしのいん》に引き取られました。

ズレた感覚は相変わらずで、古風な歌やセンスのない贈り物で光源氏を絶句させますが、古い物語や歌を読んで穏やかに日々を過ごしました。

まとめ――一途さで幸せを手に入れた末摘花

どこまでも不器用で古風、頑固な末摘花。しかしそれは、裏を返せば一途という長所にもなりえます。

昔も今も、自分の都合を優先して、人に近づいたり離れたりを繰り返しているのが人間かもしれません。そんな中、どんな状況になっても光源氏を待ち続けた末摘花のような人は、信頼できると感じる人が多いのではないでしょうか。

第六回　朧月夜

朧月夜は自由奔放な恋に生きた女性！
光源氏と朱雀帝との三角関係のゆくえ

朧月夜《おぼろづきよ》は、自分の恋心に素直に、奔放に生きた女性として知られています。光源氏と敵対する右大臣の六番目の娘で、大変可愛がられて育ちました。

当時、貴族の女性は膝行《しっこう》と言って、室内では基本的に膝つきで移動するものでしたが、朧月夜は立って歩く描写があります。また、彼女は物語の中でハッキリ声を出すのですが、これも普通は考えられないことです。常識の枠にはまらない自由な生き方をしていたのが朧月夜でした。

そんな彼女が、光源氏と出会ったことにより、やがて大きな事件を引き起こしてしまいます。この事件をきっかけに、朧月夜はどう変わっていくのでしょうか。

【今回のおもな登場人物】

・朧月夜《おぼろづきよ》：この回の主人公

・光源氏《ひかるげんじ》：朧月夜の恋人
・朱雀帝《すざくてい》：朧月夜の婚約者
・右大臣《うだいじん》：朧月夜の父
・弘徽殿女御《こきでんのにょうご》：朧月夜の一番上の姉

朧月夜と光源氏の出会い

ある年の桜が盛りの頃、宮中で花見の宴がありました。その夜、朧月夜は、宮中にある一番上の姉の住まいの廊下を「朧月夜に似るものぞなき…」と、若々しく美しい声で口ずさみながら歩いていたのです。すると、ふと誰かが袖をつかみました。彼女は、恐怖心から「まあ、いや、どなた！」と言葉を発します。相手は「怖がることはありません」と言います。「月夜に誘われてここに来ました。あなたとは過去世からの約束があったのです」と男は答え、彼女を抱き上げて近くの部屋に連れていき、板戸を閉めてしまいました。

朧月夜は震えながら、「こ、ここに人が！」と声を立てます。その男は「私は何をしても誰からもとがめられない者ですよ。人を呼んでも困ることはありません。静かに…」と言うのです。朧月夜はその声で相手が光源氏だと分かりました。そして、光源氏に恋の趣も分からない、思いやりのない女と思われたくない、と心を許してしまうのでした。

もうじき東宮（皇太子）の妃として結婚をひかえていた身、発覚すれば取り消しになるのも分かっていたでしょうが、光源氏との恋を選んだのです。光源氏は何といじらしく可愛い姫だろう、と思ったようです。

夜が明けて、光源氏が帰らねばとせわしい気持ちになっている一方、朧月夜は我に返って、とんでもないことをしたと落ち込みます。

光源氏は名前を聞きますが、彼女は答えません。人の気配もするので、二人は扇を交換しただけで別れました。当時、扇は必需品として肌身離さず持っているものでした。扇を交換するということは、「また会いましょう」というお互いへのメッセージだと考えられます。

花見の宴で再会する二人

このあと、朧月夜は夢のように儚かった光源氏との逢瀬が思い出されて、たいそう心は沈んでいくのでした。まもなく東宮（のちの朱雀帝）と結婚する予定なのです。

それから一ヶ月ほどして、右大臣邸で藤の花見をする宴が開催されます。招待された光源氏が、その夜、酔ったふりをして女性たちがいる御殿に入り込みました。

彼は、「扇を取られて困っています」とのんびりした声で言います。聞いた女房の一人が、「それなら「帯を取られて」というべきなのに、おかしい人！」と言いました。

これは当時はやっていた有名な歌になぞらえた言葉のようです。そんな中で、答えはしないものの、朧月夜はため息をついてしまいます。彼女の居場所を察知した光源氏は、彼女に近づき、几帳ごしに手をとらえて歌を詠みかけてきました。

あづさ弓いるさの山にまどうかな　ほの見し月のかげや見ゆると

（月の入るいるさの山のほとりでうろうろしています。ほのかに見た月が見えるかと思って）

朧月夜は、

心いるかたならませばゆみはりの　月なき空にまよわましやは

（私を真剣に想ってくれる方なら、たとえ月が出ていなくても、道に迷ったりされるでしょうか）

と返すのでした。

朧月夜の恋する気持ちに素直な性格

結局、光源氏との恋が周囲に発覚して朧月夜は妃になれず、のちに女官として宮仕えすることになりました。もともと結婚する予定だった相手、朱雀帝の寵愛を受けて華やかな生活を送っていたのですが、実際は光源氏のことが忘れられず悩んでいて、相変わらず恋文を交わしていました。

光源氏にすれば、朧月夜が帝の愛情を受ける今になって想いが募るらしく、帝がいないときを見計らっては宮中の朧月夜の元に通い、束の間の逢瀬を持つのでした。彼女も若く美しい盛りで魅力的です。

朧月夜は、光源氏との恋に積極的でした。しかし、それゆえにつらいこともあります。

心からかたがた袖をぬらすかな　あくとおしうる声につけても

（自分から求めた恋ゆえに、あれこれにつけ袖を濡らすことです。夜が明けると教えてくれる声を聞くにつけても）

これは朧月夜の歌ですが、「あく」は「明く」と「飽く」とを掛けています。夜が明けて光源氏が帰っていく別れのつらさと、自分ほどの真剣な想いがない、光源氏の冷淡さを嘆いているのです。しかし、彼女は自分の恋する気持ちに素直に生きていきます。

しばらく光源氏から便りがない時は、自分から恋文を送り、女性は男性からの文を待つもの、という常識にはこだわらないのでした。

木枯らしの吹くにつけつつ待ちし間に　おぼつかなさのころも経にけり

（木枯らしが吹くたび、お便りがあるかと待っている間に、待ち遠しく思う時も過ぎてしまいました。〈もうたまらないので、こちらからお便りいたします〉）

密会が家族に発覚！　光源氏は須磨へ

そしてある年の夏、事件は起きたのです。

朧月夜は療養のために宮中から実家に帰っていました。そこに、二人しめし合わせて、光源氏が夜な夜な逢いにきます。

ある日の暁、雨が恐ろしい勢いで降ってきて雷もとどろき、止む気配がありませんでした。屋敷の人々は騒ぎ、女房たちは怖がって、朧月夜の寝所近くに集まってきます。光源氏が抜け出すすべもなく、たいそう困っているうちに、夜も明けてしまいました。

やがて雷も止み、雨も少し小やみになってきた時、なんと父である右大臣が見舞いにやってきたのです。

朧月夜は顔を赤らめ、寝所からそっと出ていきます。父親は、まだ気分が悪いのかと心配しますが、男物の帯が娘の衣に絡みついて引きでてきたではありませんか。怪訝に思い、ふと几帳のもとに落ちている男性用の懐紙も見つけます。手にするや、寝所の中をのぞき込みました。顔をそっと隠しても、ゆったりと色っぽい姿で横になっている男は光源氏と明らかです。朧月夜は茫然自失、死んでしまいそうな心地でした。右大臣は、別れたと思っていたのに、娘と光源氏との関係が続いていたことに衝撃を受けます。

懐紙を持って一番上の娘の弘徽殿《こきでん》太后《おおきさき》に事の次第を伝えました。朧月夜の姉である弘徽殿の怒りは父親どころではありませんでした。

「わが一族をバカにするにもほどがある。この機会に光源氏を失脚させてやる！」

この後、光源氏は官位を剥奪され、流罪の決定を待つ身となります。光源氏は決定が下る前に須磨（兵庫県）の地で謹慎することを決めました。

光源氏に会えないつらさが募る

京を去る前、光源氏から朧月夜にも手紙が届きます。

逢う瀬なき涙の河に沈みしや　渡るるみおのはじめなりけん

（想いを遂げられないあなたを恋して泣いたことが、流浪の身の上になるきっかけだったのでしょうか）

朧月夜は、胸がいっぱいになって涙があふれ出るのを抑えることができません。

涙河うかぶ水泡《みなわ》も消えぬべし　流れてのちの瀬を待たずて

（涙河に浮かぶ水泡…。そのようにはかない私は、悲しみにくれたまま死んでしまうでしょう。行く末の逢瀬も待たないで…）

と返すのでした。
その後、長雨の頃となり、須磨にいる光源氏から手紙が届きます。その返信に、朧月夜は言葉に尽くせぬ想いを訴えます。

浦にたく海士《あま》だにつつむ恋なれば　くゆるけぶりよ行くかたぞなき
(須磨の浦で塩を焼く海士さえ人には隠すのが恋。ですから大勢の人目を憚ってくすぶる私の思いはどこにも持っていきようがありません…。)

光源氏との密会が発覚した後、朧月夜は宮中へ行くことを止められて世間の笑い者になり、光源氏とも逢えないつらさは募るばかりで、苦しんでいました。

朧月夜の心を知っていた朱雀帝

そんな中、朱雀帝は、彼女と光源氏の関係を知っていました。しかし、朧月夜がどんな行動をとっても、愛しい気持ちに変わりはありません。再び宮中に行くことが許された朧月夜を、以前のようにずっと側にいさせます。しかし、朧月夜の胸中は、光源氏のことでいっぱいだったのです。

朱雀帝は朧月夜の心中を察していて、「私が死んでも、光源氏が須磨に行った別れほどにも思ってくれないだろうことが悔しい」と優しく言います。朧月夜は思わず涙をほろほろこぼします。「それごらん、誰のために泣くのかな」と言われ、彼女は返事のしようがありません。

朱雀帝の愛情と優しさに気付く

さてその後、朱雀帝は、須磨・明石で二年数ヶ月を過ごしていた光源氏を都に呼び戻しました。母の反対を押し切って、初めて自ら下した決断です。

光源氏が帰京したあと、朱雀帝は後継者へ帝の位を譲ることを決意して朧月夜と語るのでした。「自分も余命短くなった気がするよ。後に残るあなたに頼もしい後見がいないのがいたわしい。昔からあなたは私を誰かさんより軽く見ていたけど、私は誰よりもあなたを愛しく思っていたのだよ。彼と関係を戻しても、私ほどの愛情ではあるまい。それがたまらない」と泣きます。

朧月夜をどこまでも大切に思い、幸せを願っているのです。彼女は顔を真っ赤にして涙をこぼします。今になって光源氏が、朱雀帝ほど自分を愛してくれなかったことを感じ、自身のいたらなさや無知のために密会騒動を引き起こしたことを後悔します。

光源氏からは相変わらず恋文が届きますが、朧月夜はこりごりの気持ちで返事はしませんでした。

数年の歳月が流れ、朧月夜は朱雀院と同居していました。忘れがたい多くのことを静かに振り返り、朧月夜はしみじみと次のように思ったことでしょう。

「私が最も愛した男性は光源氏、光源氏ほど魅力的な人はいない。私を最も愛してくれた男性は朱雀院（朱雀帝）、朱雀院ほど誠実で心優しい人はいない」

光源氏への思いを断ち切った最後の手紙

光源氏と初めて逢ってから二十年ほどの年月が流れました。朧月夜を最も愛していた朱雀院は出家します。彼女は朱雀院の出家のあと、自身も尼になろうとしましたが、院に「あとを追うような出家は本当の出家ではない」と止められ、ゆっくりと準備をしています。

さらに七年ほどが経ち、朧月夜は念願の出家を遂げました。光源氏から出家について何も言わなかったことを恨む便りが届きます。朧月夜は彼との手紙のやり取りも、もうこれが最後と心を込めて筆を走らせました。

「この世は無常であるとこれまでの人生で深く知らされていましたが、「先を越された」と聞きますと、たしかに、どうしてあなたが私より先に出家に踏み切っていないのかと思わずにいられません。（都の栄華の生活から離れざるを得なくなって）明石の浦（兵庫県）で寂しい暮らしをなさったあなたが…」

【原文】

常なき世とは身ひとつにのみ知りはべりしを、後れぬとのたまわせたるになん、げに、あま船にいかがは思いおくれけん。明石の浦にいさりせし君。

まとめ――悩みながらも、奔放に生きた朧月夜

光源氏のつれなさや世間のうわさに悩まされながらも、奔放に、自身の恋心に素直に生きた、朧月夜の最後の決断でした。

朧月夜の人生は、自由奔放に生きれば生きるほど、悩みの多い人生となりました。光源氏への歌には、朧月夜自身の死をにおわせる表現がいくつもあり、それだけ光源氏への思いは真剣だったのでしょう。しかし、月日を経て、朱雀院が最も自分を愛してくれていたことに気づくところも印象的です。忘れられない初恋の人、光源氏にしたためた最後の手紙には、一回り人間として成長して、光源氏への思いを断ち切った様子が見て取れます。

第七回　朝顔の姫君

友達にしたい登場人物・朝顔の姫君
光源氏には塩対応で独身を貫いた唯一のヒロイン

朝顔《あさがお》の姫君《ひめぎみ》は、友だちにしたい登場人物ナンバーワンとも言われる女性です。彼女は、光源氏の父である桐壺帝の弟である桃園式部卿宮《ももぞのしきぶきょうのみや》の姫君で、光源氏のいとこにあたる人です。ずば抜けた美貌と魅力を持つ光源氏から、どれだけ恋心を訴えられても受け入れなかった唯一の女性で、生涯独身を貫きました。光源氏とは友情関係を保ち続けたのです。

そんな朝顔の姫君は、いったいどんな人だったのでしょうか。

【今回のおもな登場人物】

・朝顔《あさがお》の姫君《ひめぎみ》：この回の主人公
・光源氏《ひかるげんじ》：朝顔のいとこ
・桃園式部卿宮《ももぞのしきぶきょうのみや》：朝顔の父

・桐壺帝《きりつぼのみかど》：光源氏の父
・叔母：朝顔の父のきょうだい

朝顔が光源氏を受け入れない理由

朝顔は、光源氏が十七歳の頃には手紙のやり取りをしていたようです。その頃にはすでに恋心を訴えられていて、光源氏から朝顔の花を添えて手紙をもらったことも世間の噂になっていました。しかし、二人はあくまで手紙のやり取りをするだけの関係でした。朝顔の父親も二人が結婚することを望んでいましたが、彼女は決して受け入れません。朝顔が光源氏を拒んだのには、ある理由があります。

そのころ、元皇太子妃の六条御息所《ろくじょうのみやすんどころ》が、愛人である光源氏のつれなさに大変苦しみ、世間中が噂していました。朝顔はそれを聞いて、「私はあの方（六条御息所）の二の舞にはなるまい」と思っています。光源氏には、失礼にならない程度に最低限の返事をしつつ、手紙のやり取りを控えるようになりました。

さらに朝顔の決意を固める出来事が起きます。賀茂祭に関わる行列に光源氏が正装して参加することになり、朝顔も見学に出かけました。このとき、遠目ではありましたが、朝顔は光源氏の正妻である葵の上と六条御息所の「車争い」を目撃したのです。車争いによって、六条御息所の牛車は壊されて奥に押しやられ、お忍びで光源氏の姿を見に来たことが周り中に知られてしまいます。

朝顔は心を痛めたに違いありません。光源氏の姿を見れば、その美しさに心動かされますが、六条御息所の苦悩を思うと、手紙のやり取り以上の深い仲になることは考えられませんでした。

塩対応の朝顔とあきらめない光源氏

朝顔の考えをよそに、光源氏は彼女をあきらめきれず、何度も何度もチャレンジします。それでも朝顔の返事は変わりませんでした。

光源氏とのやり取りの場面をいくつかご紹介したいと思います。

①掟破りに対する手厳しい一撃

朝顔の姫君は、賀茂の斎院という立場に任命されます。このころ、二十代の光源氏は父である桐壺院を亡くして寺院にこもっていたのですが、よけいに女性たちのことが思えてきたようです。なんと賀茂の斎院になった朝顔にも手紙を送ってきました。これは帝の妃にラブレターを送るのと同じくらいの掟破りで、決してあってはならないことでした。しかも内容は、「二人きりで過ごしたあの昔の秋をしみじみと思い出すこの頃です」というもの。まるで一夜を共にしたことでもあるかのような口ぶりです。

こんな図々しい態度の光源氏に驚いた朝顔は、

「その昔、何があったというのでしょう？　二人きりで過ごしたというその秋のことを、詳しく聞かせてもらいたいものです」

と手厳しく返しました。傲慢な光源氏に一撃を与えるのも大切なことです。

②会話も女房を介する徹底ぶり

それから十年近く経ったころ、父の喪に服するため、朝顔は賀茂の斎院の役目から退きました。そして、亡き父の屋敷で叔母と一緒に暮らすようになります。光源氏は、朝顔の姫君への想いを再び燃え上がらせ、見舞いの便りを何度も送ってきました。

やがて叔母への見舞いにかこつけて屋敷を訪ねてくるのでした。光源氏にとっても叔母にあたる人なので、格好の口実になります。そして彼は、叔母の見舞いの後で朝顔の姫君に会いに行くのです。

夕闇迫る時刻でした。喪に服している朝顔の姫君は鈍色《にびいろ》の御簾《みす》の中、鈍色の衣に身を包んでいます。光源氏とは御簾越しで女房（お世話する人）を間にはさんで会話のやり取りをします。光源氏は不満でした。

「御簾の外とは、若者扱いするのですね。ずっと昔からあなたに心寄せてきた功労を認めてくれないのですか…」

朝顔は「言われる〝功労〟についてはゆっくり考えます」と女房を介して返事をします。

光源氏は「これまで経験してきたつらい思い出を聞いていただきたい」と食い下がりますが、朝顔は取り合いません。やがて光源氏は深くため息をついて立ち上がります。「恋する男のなれの果てとでも扱っていただきたかった」と言い残して立ち去りました。光源氏は若々しく、昔よりずっと優美でした。

その名残を女房たちはいつものように、大げさに褒めちぎります。寂れていくこの屋敷で仕える女房たちは、朝顔が光源氏と結ばれてみんなが豊かな生活になることを願っていました。もしも女房の一人でも朝顔を裏切って光源氏を中に入れたら大変なことです。彼女は気を張りながら、女房たちをしっかりとまとめ、光源氏との会話も女房を介することで、彼と会わないように徹底していました。あくまで親しい友人同士の距離を保ちます。

③心惹かれても信念を貫く

雪がちらつく夕暮れ時、光源氏はまた叔母の見舞いを口実にやってきます。叔母は話の途中で寝てしまい、これ幸いと光源氏は朝顔の姫君のもとを訪ねるのでした。

光源氏は朝顔の姫君にたいそう真剣に話しかけます。「ただ一言、人づてではなく直接、嫌いだとでも言ってくだされば、あなたをあきらめるきっかけにします」と身を乗り出しました。

朝顔は昔からのことを思い出します。亡き父もなんとか光源氏様と結婚させたいと思っていらしたけれど、恥ずかしいとそのままにしてしまった。あれから父も亡くなり、私も盛りを過ぎた年齢になり、ますます不釣り合いになった。「一言」などとんでもない…。

朝顔の姫君の気持ちはまるで揺らぎそうもありませんでした。

光源氏はあくまで女房を介して返事をしてくる朝顔にじれったい気持ちになります。光源氏は次第に心細くなってきて、涙をぬぐって

つれなさを昔に懲りぬ心こそ　人のつらきに添えてつらけれ

（昔からのあなたのつれない仕打ちに懲りない自分の心もまた、あなたのつれなさに加えて恨めしいことだ、想いを寄せた私が悪いのですが）

と訴えます。

あらためて何かは見えん人のうえに　かかりと聞きし心がわりを

（今さらお目にはかかりません。他の女性に対してもあなたは心変わりがあったと聞いていますから。私の心は変わりません）

朝顔の姫君はこのように返事をするのでした。私たちにとってはこの関係がいいんだ、という信念を貫きます。

光源氏に対する朝顔の心情

聡明で冷静な朝顔ですから、光源氏の人柄の良さや情のこまやかさが分からないわけではありません。朝顔自身も、光源氏の美しさに心惹かれる気持ちはあったのです。ただ、心惹かれているところを少しでも見せれば、彼は自分を世間の普通の女と同じに思うだろう、と考えました。だから、光源氏への気持ちを見せずに接しよう、と決意するのです。そして、今は仏道を求めたいと、一途に勤行に励むのでした。

一方の光源氏は、年が明けても朝顔の姫君をあきらめきれません。亡き父の喪が明けた朝顔に挨拶の手紙を送ります。光源氏自身は、誠意を尽くせば姫君の気持ちも和らぐのではと待っていました。朝顔の心を傷つけたくはないので、無理に忍び込んで契りを交わすことは考えません。

朝顔の人柄が分かる二つのエピソード

彼はなぜ、そこまで朝顔に執心するのでしょうか。それには、朝顔の思いやりの深さや律義さも関係していたのではないかと思います。

朝顔の人柄がわかる二つのエピソードを紹介します。

①妻を亡くした光源氏への心遣い

光源氏の正妻である葵の上は男の子を出産しますが、少しして亡くなります。急なことでしたから、光源氏のショックの大きさは計り知れません。その彼から手紙が届きました。

わきてこの暮《くれ》こそ袖は露けけれ　もの思う秋はあまたへぬれど

（とりわけ今日の夕暮れは涙も流れて袖を濡らします。もの思う季節といわれる秋は何度も経験してきましたが）

筆跡も丁寧で、彼の心情を思うと返歌をせずにはいられませんでした。

秋霧に立ちおくれぬと聞きしより　しぐるる空もいかがとぞ思う

（秋、奥様に先立たれたとお聞きしてから、はや時雨の降る頃となり、どれほど深く嘆いていらっしゃるかと思っております）

光源氏には、いつもあっさりした対応をする朝顔の姫君ですが、こんな時は心を込めてきちんと風情のある返事をしてくれる、と光源氏は胸を打たれます。そしてこういう間柄こそ、ずっと優しい心を通わせ合うことができるのだろう、と考えるのでした。

②光源氏の娘への贈り物

光源氏の娘が皇太子の妃として宮中に入ることになり、裳着《もぎ》の式《しき》（成人式）を迎えるときのことです。光源氏は、嫁入り道具として持たせる香の調合を、娘とゆかりのある人たちに頼んでいました。彼は朝顔にも調合を依頼します。彼女なら素晴らしいものを作ってくれると思ったのでしょう。

これまで光源氏からしつこくアプローチを受けるたびに受け流してきた朝顔ですが、お祝いの気持ちで、香の調合を頼まれると快く引き受けました。さっそく梅の枝に手紙をつけて香《こう》壺《ご》を届けます。

光源氏は「お願いしてからすぐに香を作ってくださった」と感謝します。

手紙には、

花の香は散りにし枝にとまらねど　うつらん袖に浅くしまめや

（花の香りは、花が散った枝に残っていませんが…。この薫物《たきもの》は盛りを過ぎた私には無用のものでも、薫《た》きしめてくださる姫君の袖には深く染みこむことでしょう）

とうっすら書きました。

光源氏からは「花の散った枝…あなたにますます心惹かれます」と、お礼の返事に歌が添えられていました。彼女の心遣いに触れ、どうしても朝顔が忘れられないのでしょう。

月日が経ち、朝顔の姫君は独身のまま出家しました。ひたすら熱心に勤行に打ち込み、わき目もふらずに仏道に専心しているらしい、と光源氏は人づてに聞いています。出会ったたくさんの女性の中で、思慮深く優しいという点では並ぶ人がいなかったと振り返りました。

まとめ——友達にいてほしいヒロイン・朝顔

光源氏とのやり取りからも分かるように、どこまでも聡明で、冷静な朝顔。自分自身や他人の境遇、行く末を客観的に考えられる女性です。調子に乗っている時はビシッと叩いてくれ、つらい時、悲しい時には懇ろに優しく寄り添ってくれる。娘が結婚するという幸せな時は、当事者の光源氏の気持ちを受け止めて一緒に喜んでくれていました。

やはりいちばん友達にいてほしいヒロインだと言えます。

第八回　花散里

家庭的な癒し系ヒロイン・花散里ってどんな人？特徴が分かる三つの場面を紹介

花散里《はなちるさと》は、穏やかで優しく、光源氏は癒しを求めて彼女をたまに訪ねます。物語の中ではあまり目立たない存在ですが、苦しい時に彼女から温かい対応を受け、慰められている人が何人もありました。

また、彼女は裁縫や染色が上手で、光源氏からはよく装束の準備を依頼されます。自分の子どもはいませんが、光源氏の息子である夕霧をはじめ、何人もの子どもたちのお世話をしました。

家庭的なお母さんというイメージがぴったりの花散里。他の登場人物たちとのかかわりを通して、彼女の人柄を見ていきたいと思います。

【今回のおもな登場人物】

・花散里《はなちるさと》：この回の主人公。
・光源氏《ひかるげんじ》：花散里の恋人。
・夕霧《ゆうぎり》：光源氏の息子で、花散里がお世話をする相手。
・紫《むらさき》の上《うえ》：光源氏が最も愛し、大切にした女性。

光源氏とのどっちつかずな関係

花散里の姉は、光源氏の父である桐壺帝の女御でした。そんな縁もあり、花散里と光源氏は若い頃に宮中で逢瀬をかわす恋人同士でしたが、彼はなかなか自分の元へ訪ねてきません。花散里は、光源氏が自分を忘れてしまうわけでもなく、正式に妻にするわけでもない、どっちつかずな状態にとても悩んでいます。しかし彼がたまに自分の元を訪れると、嬉しい気持ちの方が大きく、恨めしく思っていたことも忘れてしまうのです。

光源氏が二十五、六歳のころ、彼と朧月夜との密会騒動が大きな問題になっていました。彼は自ら都を離れ、須磨（兵庫県）で謹慎することを決めます。花散里は、ただでさえ光源氏と会えないのに、彼が遠くへ行ってしまうことに落ち込んでいました。

須磨へ旅立つ前に光源氏がやってきて、二人で月を見上げ、夜明け近くまで話をします。たいそう悲しむ花散里は、次の歌を詠みました。

月かげのやどれる袖はせばくとも　とめても見ばやあかぬ光を

（月の光の映る私の袖は狭いけれど、留めてみたい、見飽きることのないその光を）

光源氏は彼女を慰めます。

ゆきめぐりついにすむべき月かげの　しばし曇らん空なながめそ

（空を行きめぐって、ついには澄むべき月が、しばらく曇るだけなのですから、空を眺めてものの思いに沈まないでください）

会えなくても不満を見せない花散里

光源氏が須磨にいる間、花散里には頼る人がいません。邸《やしき》には雑草が生い茂り、築地《ついじ》（屋根が瓦葺きの塀）がところどころ壊れているようなありさまでした。

彼女は、光源氏への手紙に次のような歌をしたためます。

荒れまさる軒のしのぶをながめつつ　しげくも露のかかる袖かな
（荒れていく軒の忍ぶ草を眺めて昔を偲んでいますと、涙がしきりに袖を濡らします）

この歌を見た光源氏は、二条院に仕えている人たちに花散里の築地を修理するよう指示します。その後、光源氏は三年ほどで都に戻りますが、帰京した後も彼からは手紙が送られてくるくらいでした。他の女性のもとへ通ったり、仕事で忙しいからでしょう。花散里にすれば、光源氏の自分への気持ちが分からず恨めしい気持ちになります。しかし、他の女性のように不満を表には出さず、拗ねたり焼きもちを焼くこともしません。生活の面倒を見てもらっている立場を自覚し、感謝していたのでしょう。

花散里を大切にしていた光源氏

花散里は光源氏が自分のもとへ来てくれないことに悩んでいますが、彼は訪れることこそ少なかったものの、花散里を大切にしていました。そのことが分かるエピソードを二つご紹介します。

①自分の邸宅に住まわせる

光源氏が三十一歳の時、別邸である二条東院が完成しました。花散里はここに迎え入れられ、優雅な暮らしを送るようになります。花散里はおおらかで心静かに生活します。

光源氏は、いちばん大切にしていた女性、紫の上と比べて花散里の暮らしぶりが劣らないように気を配りました。だからこそ、どの人も花散里をおろそかにすることはありませんでした。

さらに数年たち、光源氏は広大な御殿、六条院を完成させます。春夏秋冬の町があり、自分と深いかかわりのある女性たちを一つの町につき一人ずつ住まわせました。花散里はそのうちの夏の町に住むことになったのです。ずっと別邸に住み続ける女性たちもいる中、春夏秋冬の町の一つに選ばれるのは、かなり特別なことといえるでしょう。

②子供たちの養育を任せる

花散里は、光源氏から息子である夕霧の養育を託されました。夕霧のお母さんは葵の上。彼女は夕霧を産んですぐ亡くなりました。夕霧は途中まで祖母に育てられますが、十二歳で成人してからは花散里がお世話をすることになったのです。大切な息子を預けるのですから、よほど信頼されていたことが分かります。

また何年かして、光源氏は玉鬘《たまかずら》を引き取ります。光源氏が十七歳の時に熱烈に愛した夕顔《ゆうがお》と光源氏のライバルである頭中将《とうのちゅうじょう》の娘です。花散里は玉鬘の世話も頼まれました。「息子（夕霧）をお願いして本当に良かった。同じように面倒をみてほしい。田舎育ちの娘だから、何かにつけてしつけてください」と。花散里は、「嬉しく思います」と喜んで引き受けるのでした。

大切にしたくなる女性・花散里の三つの特徴

花散里はなぜこんなに大切にされたのでしょうか。それは、彼女の人柄を知ると分かるかもしれません。彼女の特徴を三つご紹介しましょう。

①不満を言わず、自分のできることに取り組む

光源氏には妻や恋人のような女性が昔からたくさんいて、花散里はその一人です。光源氏はその中でも正妻格の紫《むらさき》の上《うえ》を最も愛し大切にしており、そのことは誰の目にも明らかでした。女性の心情としては、おもしろくないのが本音ではないでしょうか。紫の上に対し、嫉妬の感情があってもおかしくありません。

しかし、花散里は紫の上と親しく接していました。

紫の上の父親が五十の賀（五十歳の節目のお祝い）を迎えたときも、準備をいろいろと手伝うのです。花散里は、正妻格の紫の上を立て、自分にできる精いっぱいの真心を尽くしていたのです。

また、光源氏が自分のもとへ来てくれなくても、その悩みや不安を彼に見せることはありません。たまに会いに来てくれる幸せをかみしめ、一緒にいられるわずかなひと時を大切にしようとしていたのでしょう。子どもたちの養育もし、光源氏から装束の仕立てを頼まれると、裁縫や染め物が得意な彼女はしっかり準備しました。

そうやって、自分の立場でできることにきちんと取り組んでいたのです。

②いつでも迎え入れてくれる温かさ

光源氏は人間関係のストレスなどでどうしようもなくなったときに、花散里のもとへ行きました。彼女はいつでも迎え入れてくれ、文句も言わず一緒にいてくれるからです。光源氏にとっては癒しの存在でした。それは、彼の息子である夕霧も同じでした。夕霧は十八歳で幼馴染と結婚することになり、それ以降は花散里と別のところで暮らしますが、夕霧はしばしば彼女の住む夏の町を訪れます。夕霧にとって花散里の住まいは最も心休まるところだったのでしょう。ここで友だちと蹴鞠遊びをしたり、行事のリハーサルに向けて楽器の練習をしたりします。

また、結婚から十年以上経って、妻とは別の人に恋をしてしまったときにも、花散里のもとを訪ねます。妻以外の女性へ恋心を募らせる夕霧は、何度もアタックを繰り返しますが、相手にされません。泣く泣く帰り、花散里のもとで一休みするのです。花散里は「奥さんがかわいそう…」と気の毒がります。

一方で、光源氏について「あなた（夕霧）の浮気に大騒ぎされていますが、自身の浮気癖はどうなのでしょう。自分のことは気づかないものです」と、口にしました。普段はしまい込んでいた本音をぽろっとこぼしたのでしょう。夕霧は、そのとおり、おもしろいことだと思っています。この言葉に、彼の心も慰められたことでしょう。花散里は訪ねればいつでも迎え入れてくれ、装束をきれいに用意し、食事も出してくれます。夕霧は心身ともに休むことができ、粥などを食べてまた出かけていくのでした。本当にお母さんのようで、安心感があるのですね。

③人に対する愛情が深い

光源氏が五十代にさしかかったときのこと。平安時代の寿命は今よりずっと短かったので、光源氏も晩年を迎えています。この頃、彼が愛してきた紫の上が病に倒れて療養を続けていました。彼女はそろそろ自分の最期が近づいてきたことを感じて、桜の盛りの季節に大々的な法要を開いたのです。花散里も出席しました。

その翌日、花散里と紫の上は歌を交わします。紫の上はどの人とも永遠の別れに思えて、次のように詠みました。

絶えぬべき御法〈みのり〉ながらぞ頼まるる　世々にとむすぶ中の契りを

〈命がまもなく絶える私が営む最後の法要になるでしょうが、頼もしいことに、あなたとのご縁は先の世まで続いていくでしょう〉

花散里は、

結びおく契りは絶えじおおかたの　残りすくなき御法〈みのり〉なりとも

〈この法要で結ばれたご縁は絶えることはないでしょう。残り少ない命の誰にとっても、普通

の法要でさえもありがたいのに、こんなに盛大な法要ですから）

と返しました。

普通は「そんな弱気なことを言わずに、きっと身体もよくなりますよ」など、励ましの言葉をかけるものかもしれません。しかし、花散里は紫の上の気持ちを受け止め、「私の命も長くありません。でも、私たちのご縁が絶えることはないでしょう」と寄り添いました。形式的な慰めの言葉をかけられるより、ずっと紫の上の心は癒されたのではないでしょうか。

光源氏のみならず、誰に対しても愛情深く接していたのが花散里だったのです。

最後まで光源氏を支える

このあと、紫の上は亡くなります。光源氏の悲しみは深く、新年を迎えても、いっそう目の前が真っ暗になるありさまで、花散里とも疎遠になっていきます。それでも花散里は夏になると、光源氏の衣がえの装束を準備し、歌を添えて贈ります。

夏衣《なつごろも》 裁ちかえてける今日ばかり　ふるき思いもすすみやはせぬ

（夏衣に着替える今日はとくに、亡き人を思う気持ちが募ることでしょう）

光源氏からは、次のように返事がありました。

衣のうすきにかわる今日よりは　空蟬《うつせみ》の世ぞいとど悲しき

（蟬の羽のような薄い衣に着替える今日からは、空蟬のようにはかないこの世がますます悲しく思えてきます）

花散里は、彼が亡くなったあと、遺産として譲り受けた二条東院に移ります。晩年は夕霧の支えもあって、穏やかに過ごしたことでしょう。

まとめ――いつも等身大だった花散里

花散里は、光源氏から一番愛されたいと思うより、たまに会いに来てくれる幸せをかみしめて大切にする女性でした。背伸びしたり自分を飾り立てたりするところは見られません。頼まれたからというだけではなく、自ら望んで夕霧の子どもを預かっている場面もあり、お世話好きな一面も見てとれます。

また、光源氏をめぐる女性たちのライバル関係の中、紫の上と穏やかな関係を築いていたのは花散里ならではかもしれません。

物語では光源氏とは兄妹のような間柄になって久しいと語られていますが、最後には彼の装束を準備したり、邸宅を譲り受けるという重要な役割を担っていました。

日々の誠実な心がけが人生を築いていくことを教えてくれるヒロインです。

第九回　桐壺の更衣

健気でいじらしいヒロイン・桐壺の更衣を解説！帝を夢中にさせた二つの特徴とは

光源氏の母、桐壺《きりつぼ》の更衣《こうい》についてお話ししたいと思います。

いずれの御時にか、女御《にょうご》更衣あまたさぶらいたまいける中に、いとやんごとなき際《きわ》にはあらぬが、すぐれて時めきたまうありけり。

（いつの帝の代であったたか、彼に仕える多くの女御・更衣といった妃たちの中で、さほど高い身分ではないものの、一人、帝からひたむきに愛されている女人がありました）

これは『源氏物語』始まりの一文です。

『源氏物語』で最初に登場する女性こそ、今回紹介する桐壺の更衣です。「更衣《こうい》」というのは身分の名称で、帝の妃の中で一番低い位でしたが、桐壺の更衣は他の誰よりも帝から愛されていました。
それはなぜなのか、帝を夢中にさせた彼女の人柄について迫っていきましょう。

【今回のおもな登場人物】
・桐壺《きりつぼ》の更衣《こうい》：この回の主人公。
・桐壺帝《きりつぼのみかど》：桐壺の更衣を愛した人。
・光の君：桐壺帝と桐壺の更衣の間に生まれた子。のちの光源氏。
・弘徽殿《こきでん》の女御《にょうご》：帝の妃で、桐壺の更衣をいじめる人。

桐壺の更衣のシンデレラストーリー

大納言であった桐壺の更衣のお父さんは、娘が宮中に入ることを切望していましたが、早くに亡くなってしまいました。宮中に入るときには、着物や調度品など、必要なものを揃えなければなりません。そういったものを揃えるのも大変なことですから、支えとなる父親などの後見人がいなければ、断念するのが普通です。しかし母親は、しっかりした後見もいない中、夫の願いを叶えるために娘を入内《じゅだい》（帝の妃になること）させました。お金もかかるでしょうし、つてを頼って調度品を譲り受けたりと、大変苦労したことでしょう。

そんな親の後押しもあって桐壺の更衣が宮中に入ると、先に入内していた他の妃たちの誰よりも帝の寵愛を受けるようになります。帝の妃には、中宮《ちゅうぐう》、女御《にょうご》、更衣の身分がありました。内親王や摂関家、大臣家の娘は女御になり、その女御の中から一人だけ選ばれるのが最も身分の高い中宮です。大納言家以下の出身の娘は更衣となります。

目立たない立場であるはずの女性が帝の目に留まり、一番愛される。まさにシンデレラストーリーです。ところが、桐壺の更衣が手に入れたのは、幸せな生活ばかりではありませんでした。

女性たちからの嫉妬

桐壺の更衣の部屋は、帝の住まいの御殿から一番遠いところにありました。帝が彼女の部屋に行くときは、女御や他の更衣の部屋の前を通ることになります。当然、女たちはやきもきしました。女御たちは、自分こそ帝から選ばれるのにふさわしいと思っていましたから、桐壺の更衣が目ざわりでたまりません。同じくらいの身分の女性たちも、納得いかない思いでした。

中でも怒りが大きかったのは、妃たちの中で最も力を持っていた弘徽殿女御《こきでんのにょうご》です。彼女の父は右大臣という高い身分にあり、帝の後継者である第一皇子を産んだ女性でもありますから、帝から一番大切にされるべき人でした。それなのに、自分よりもはるかに身分の低い女が帝の愛情を独占するなど、到底許せるものではありません。

帝の愛情を得て、産んだ皇子が東宮《とうぐう》（皇太子）になるかどうかは、一族の繁栄を左右する重大なことだったのです。桐壺の更衣は、女性たちの妬みや憎しみを一身に受けることになります。朝も夕も彼女が帝に呼ばれることが続くと、通り道に汚物が撒き散らされていることがありました。またある時は、彼女が廊下を通る際に前後の戸の錠をかけて、戻ることも進むこともできないように閉じ込めてしまうこともありました。

光の君（光源氏）の誕生

そんな周りの女性たちからのいじめによって、桐壺の更衣は悩み苦しみます。

彼女が苦しんでいるのを知り、かわいそうに思った桐壺帝《きりつぼのみかど》は、桐壺の更衣の住まいを自分の御殿に近い部屋に移しました。

通常、帝は女性たちに対して公平に、身分に応じて接するのがルールです。桐壺の更衣だけを特別扱いする帝の振る舞いには非難の声も挙がっていましたが、まったく気にせず桐壺の更衣をいつも側にいさせました。

やがて桐壺の更衣は男の子を出産します。光の君（のちの光源氏）です。この世のものとは思えないうつくしさで、帝は第二皇子の光の君こそ自身の宝物のように思います。母の桐壺の更衣に対しても、第二皇子の母にふさわしい待遇をし、より尊重するようになりました。そうなると、人々は、東宮（皇太子）になるのは第一皇子ではなく、第二皇子の光の君ではないか、とまで噂するようになったのです。桐壺の更衣は、帝に愛されれば愛されるだけ、周囲の目を気にして気苦労が増えていくのでした。

帝を夢中にさせた桐壺の更衣、二つの特徴

桐壺帝はのちに、人徳があり、素晴らしい政治を行った帝と人々から評価されます。その帝が、ルールを無視して桐壺の更衣にのめりこんだのはなぜなのでしょうか。

桐壺の更衣が他の女性と異なっていた点を二つ挙げてみます。

①頼れる人がいない境遇

桐壺の更衣はお父さんを亡くしています。たとえ宮中に入りたいと思っても、バックアップしてくれる人がいなければ、断念するのが普通です。空蟬というヒロインも、お父さんを早く

に亡くしたために入内できませんでした。宮中にいる他の女性たちには、立派な家柄や支えてくれる家族がいたでしょう。しかし桐壺の更衣は、お母さんの一途な思い入れによって宮中には入れたものの、確固たる地位も、守ってくれる人もいませんでした。彼女にとっては、桐壺帝だけが頼りだったのです。

②守ってあげたくなる雰囲気

桐壺帝の桐壺の更衣に対する思いは、「ろうたし」と語られています。「ろうたし」とは、可憐でいとおしいという意味の言葉です。世話をしていたわってやりたい気持ちにさせる、弱々しくいじらしい様子を表しています。桐壺の更衣は、宮中の女性たちからのいじめによって心を痛め、病気がちになっていきました。病弱で、儚げで、いじめに頑張って耐える彼女には、まさに守ってあげたくなる雰囲気があったのでしょう。

桐壺の更衣の最期、心からの願い

病気がちになった桐壺の更衣は、療養のために実家に帰ることが多くなっていきました。光の君が三歳になった年、再び病にかかります。桐壺の更衣は療養のために実家に戻りたいと願い出ますが、帝は許しません。「しばらく様子を見て」と言っているうちに、病気は日に日に重くなり、わずか五、六日のうちに急激に衰弱してしまいました。彼女の母親が泣いて帝に頼み、やっと実家に戻れることになります。桐壺の更衣は実家に戻る道中でまた嫌がらせをされるかもしれない、その巻き添えにしたくないと、光の君を宮中に置いていくことにしました。

当時、宮中で帝以外の誰かが死ぬのはあってはならないことでした。帝はタブーを破って桐壺の更衣を看取る覚悟まで持ちましたが、周囲の人々は慣わしどおりに、桐壺の更衣が実家に戻る準備を整えます。帝はいつまでも引き止めておくことはできないと分かっているものの、帝という身分から見送っていくこともできないのは、つらいことでした。

すっかりやつれて意識も朦朧としている桐壺の更衣は、深い悲しみを胸に抱きながら言葉にすることができません。帝は、「死出の道をともに旅立とうと約束したではないか。いくらなんでも私を残していかないね」と語りかけます。更衣はあまりにも悲しく思ったのか、息も絶え絶えに次の歌を読みました。

限りとてわかるる道の悲しきに　いかまほしきは命なりけり

（限りある命の終わりと分かっていても、別れて死出の旅路へと踏み出すのは悲しいことです。行きたいのはこの道ではなく、生きていく命ある道です）

そして、続けてこうささやきます。

「こんなことになると分かっていましたら…」

【原文】

いとかく思うたまえましかば

「こんなことになると分かっていたら、宮中に入内などしなかった」という気持ちだったのでしょうか。周囲にせき立てられ、帝は胸が張り裂けそうな気持ちで更衣の退出を許可し、実家でまもなく彼女は息を引き取ったのです。

別れを惜しむ人々の声

光の君は何が起きたか分からず、周囲の大人や父である帝まで涙を流し続けているのをけげんな面持ちで眺めるばかりでした。亡くなってなお彼女を憎む女性も多くいましたが、理解ある妃は、その姿の美しかったこと、気立てが素直で欠点がなかったことに今さらながら気づきます。宮中に仕え、多くの妃たちを見ている女房は、桐壺の更衣のまとうホッとする雰囲気を懐かしく思い出し、いなくなった今になって恋しく思うのでした。

帝は悲しみに打ちひしがれ、ただ涙に暮れて夜を明かし日を暮らしています。そして、こんな歌を詠みました。

尋ねゆく幻もがなつてにても　魂〈たま〉のありかをそこと知るべく
（更衣を捜しにいってくれる幻術士がいてほしい。人づてにでも亡き更衣のありかがどこか知れるように）

桐壺帝は、更衣の優しく愛らしかった姿を思い出します。彼女は、どんな美しい花の色や鳥の声にも喩えようがありませんでした。

まとめ――桐壺の更衣の切ない人生

その儚さ、いじらしさから、帝に最も愛された桐壺の更衣。物語の中で彼女の姿は詳しく描かれていませんが、亡くなった後の人々の反応を見ても、美しく、人格者だったであろうことが想像できます。帝の目に留まり寵愛されるという輝くようなシンデレラストーリーでありながら、その人生は苦労の方が多かったのかもしれません。

当時、物語の中で老いや病、死の苦しみが語られることは、ほとんどありませんでした。しかし作者の紫式部は、桐壺の更衣をとおして物語の常識を覆したのです。大切な人との別れを描くことで、読者に伝えたかったことがあるのかもしれません。

第十回　藤壺

完璧なヒロイン・藤壺とは？光源氏があこがれた太陽のような女性

紫は高貴な色とされ、『源氏物語』は「紫のゆかりの物語」とも言われます。藤壺《ふじつぼ》と、光源氏の母である桐壺の更衣、光源氏に生涯連れ添う紫の上の三人は『源氏物語』において重要な登場人物であり、「紫のゆかりの女性」と呼ばれます。

桐壺の更衣は光源氏をこの世に生みました。桐壺の更衣によく似た藤壺は、光源氏にどこまでも恋慕され、はからずも彼の恋愛の原動力となっていきます。藤壺によく似た紫の上は、彼女の姪で、光源氏の人生を支え続けました。

いずれも光源氏と深い関わりがあり、この三人はよく似ていると記されていますが、性格も人生も三者三様です。

【今回のおもな登場人物】

・藤壺《ふじつぼ》：この回の主人公。
・桐壺帝《きりつぼのみかど》：藤壺の夫となる人。
・光源氏：藤壺に恋い焦がれる人。
・弘徽殿《こきでん》の女御《にょうご》：帝の妃で、藤壺と対立する女性。

桐壺帝に入内した藤壺

最愛の女性である桐壺の更衣を亡くした桐壺帝は、しばらく立ち直れずにいました。見かねた女房から紹介された女性が藤壺です。桐壺帝は藤壺が亡き桐壺の更衣にそっくりと聞いた時、大きく心を動かされ、彼女の入内を強く望みました。藤壺の母親は、桐壺の更衣が周囲の妃たちにいじめ抜かれて亡くなったことを知っていましたので、入内など、とんでもないことだと反対していたのですが、やがて亡くなり、藤壺は周囲の勧めもあって女御として入内することになったのです。

桐壺の更衣を忘れられずにいた桐壺帝は、藤壺を非常に寵愛するようになります。そして帝は、藤壺の部屋を訪れる際、たびたび光源氏を一緒に連れていくのでした。「可愛がってやってください。母のいない可哀想な子です。あなたはこの子の母親にそっくりなのです…」

当時、身分の高い女性は夫以外の男性には顔を見せませんでした。幼い男の子にも対しても同じです。藤壺も気をつけていましたが、ちょっとした拍子に光源氏にちらりとその姿を見られてしまいます。

光源氏は、亡き母に似ているらしいと聞き、藤壺を慕っていきます。折々に桜や紅葉の枝をプレゼントするのでした。光源氏はこのとき十歳くらいですから、藤壺もそんな彼を微笑ましく思ったでしょう。

光源氏にとっては、最初母を慕う気持ちだったでしょうが、五歳しか変わらない藤壺への想いはやがて恋慕に変わっていくのです。

太陽にたとえられる完璧な女性

藤壺は最高級の美貌と教養、奥ゆかしさを兼ね備えている人で、欠点がなかなか見つからないという、完璧な女性でした。しかも、父はかつての帝、母はその正妻である后（きさき）ですから、最高に恵まれた境遇で育ちます。

桐壺の更衣をいじめた張本人である弘徽殿女御《こきでんのにょうご》は、桐壺の更衣そっくりの藤壺も当然、目の敵にしていました。しかし、更衣とは違い、高い身分を持つ藤壺には手出しができないのでした。

そんな藤壺は、太陽にたとえられ、「かかやく日の宮」と呼ばれます。世の中で最も輝く太陽は、あらゆるものを兼ね備えた藤壺にぴったりのたとえです。

彼女は帝の実子である光源氏とならんで、桐壺帝から深い寵愛を受けました。

光源氏との間にできた秘密

成長した光源氏は葵の上と政略結婚し、藤壺とは互いに距離のある存在になります。しかし、葵の上とうまくいかない光源氏は、藤壺を恋慕し苦悩を深めていきました。

それから六年が経った初夏の頃、藤壺は体調不良のため実家で療養していましたが、なんと、そこに光源氏が忍び込んできたのです。無理に無理を重ねて、藤壺の女房に手引きをさせたのでした。思いがけぬ逢瀬に藤壺は打ちのめされます。

しかし拒む姿も打ちひしがれる姿も、どこまでも優美で気品があり、光源氏をますます魅了し惑わせるのでした。


見てもまたあう夜まれなる夢のうちに　やがてまぎるるわが身ともがな

（こうしてお逢いしても再び逢うことはかないそうにもない。この夢の中にそのまままぎれてしまうわが身であれば、と願わずにおれない）

と、光源氏は詠みます。

藤壺の心は千々に乱れ、このように返しました。

世がたりに人や伝えんたぐいなく　うき身を醒めぬ夢になしても

（世の語り草として人々が伝えるでしょう。この上なくつらいわが身を醒めることのない夢にしてしまっても）

この逢瀬により藤壺は懐妊します。過去からどんな因縁があったのかと我が身を情けなく思わずにはいられません。懐妊を知った帝は自分の子だと思っているので、藤壺をいっそう大事に愛しく思い、見舞いの使者をひっきりなしに送ってきます。七月に宮中へ参内すれば、帝の寵愛は以前にまして深く、昼も夜も藤壺の元に出向いてきました。藤壺は真実が明らかになったらと思うとひたすら恐ろしく、思い悩んで心の休まる時がありませんでした。

藤壺の複雑な胸の内

冬になり、桐壺帝が宮中で先帝の長寿の賀のリハーサルを催すことになりました。妃たちは本番を見に出かけられないため、桐壺帝は懐妊中の藤壺に見せてやりたい、と思ったのです。光源氏が頭中将《とうのちゅうじょう》と「青海波《せいがいは》」という舞楽の演目を舞います。鮮やかに射し込む入り日に照らされる美しい光源氏の姿も、響く歌声もこの世のものとは思えません。あまりにも素晴らしく崇高で、みな涙を流します。

光源氏の子をお腹に宿す藤壺は、「このわだかまりがなければ、もっと晴れやかに見ることができたのに…」と夢心地でいました。その夜、帝から「どうでしたか」と聞かれても、「ご立派でございました」としか返せません。

翌朝、光源氏から手紙が届きました。日頃は受け取るのも返事をするのも避けていましたが、あまりにも見事な舞だったために、この時は受け取ったのです。

もの思うに立ち舞うべくもあらぬ身の　袖うち振りし心知りきや

（恋のもの思いに沈んで晴々しく舞うことのできない私が、あなたへの想いを込めて精一杯袖を

振った心を分かってくれるでしょうか）

めったに返事をしない藤壺ですが、この時は、

唐人〈からひと〉の袖振ることは遠けれど　立居につけてあわれとは見き

（唐の人が舞ったという舞〈青海波〉は遠い時代の話ですが、あなたの舞の見事さはしみじみと拝見しました）

と返しました。

光源氏に生き写しのわが子

藤壺は二月十日過ぎに男の子を出産しました。帝との子であれば出産は十二月のはずなので、藤壺は父親が光源氏だと確信します。しかし、周囲の人々は二か月遅れて生まれたことを物の怪のしわざだと考えて、特に怪しむこともありませんでした。

男子誕生の知らせに、帝も藤壺の実家もたいへんな喜びようです。

藤壺自身は「こんな罪を背負って生きていくのはつらい。このお産で死んでしまいたい」と考えていましたので、実際には命を落とさなかったことを情けなくも思います。しかし、弘徽殿女御の呪わしい言葉を伝え聞いていて、自分が死んで世間の笑いものになってたまるか、と心を強く持ち、体力を回復させていったのでした。

藤壺は生まれた皇子をできれば他人に見せたくありません。光源氏にそっくりで、誰の子か歴然としているからです。出産の日が二か月ずれていることもあり、どんな噂が流れるかとつらくてたまりませんでした。

わが子に対する正反対の思い

四月になると、皇子を連れて実家から宮中に参内しました。驚くほど光源氏に瓜二つの顔を見ても、帝はその秘密を知るはずもなく「美しい者同士は似ているものだ」と皇子を心から可愛く思っています。藤壺の御殿で管弦の遊びが催され、帝はその席に光源氏を呼び、「皇子はあなたに実によく似ている」と言います。

光源氏は、藤壺の産んだ子が自分との子だと気づいていたでしょう。我が子を初めて見た光源氏は、顔色が変わり、嬉しさや桐壺帝への申し訳ない気持ちなどさまざまな感情があふれ出て、涙が落ちそうになります。藤壺は激しく動揺しました。

このあと、皇子を見てさらに藤壺に想いを募らせた光源氏から文が届きます。

よそえつつ見るに心はなぐさまで　露けさまさるなでしこの花

（わが子と思っても心は晴れず、いっそう露が添う撫子の花です。庭前の撫子の花にわが子を思ってますます涙にくれるばかりです）

藤壺は、

袖濡るる露のゆかりと思うにも　なお疎まれぬやまとなでしこ

（あなたの袖を濡らす露に縁のあるもの〈悲しむあなたの子〉と思うにつけても、やはりやまとなでしこ〈この子〉をいとおしむ気持ちにはなれません）

と返歌しました。

「なお疎まれぬ」は、「やはり疎ましく思う」という意味と、「やはり疎むことはできない」

の意味のどちらで理解しても文法上正しいのです。ゆえにどちらが本当かという議論もありますが、どちらの気持ちにも揺れ動くのが人間でしょう。

欠点のない女性・藤壺の悩み

七月には、第一皇子の母である弘徽殿女御をさしおいて、藤壺の女御が中宮（皇后）になります。光源氏は宰相になり、藤壺が産んだ皇子の後見人を任されます。

皇子は成長するにつれ、ますます光源氏に似てきました。美しい人は光源氏に似るものだろうと思い、秘密に気づく人はいないようですが、藤壺の苦しみや不安は膨らんでいきます。

＊＊＊

何もかもに恵まれ、太陽のようだとたとえられる藤壺。桐壺の更衣とは違い、宮中の女性たちからいじめられることはありませんでしたが、光源氏との関係に悩むことになりました。

ここまでは光源氏の勢いに押され気味の藤壺でしたが、母となり少しずつ意識が変化していきます。

母になった藤壺の大きな変化！　わが子を守るための二つの行動を解説

人にとって母親の記憶はとても大切なものですが、幼くして母を亡くした光源氏にはまったく記憶がありません。その心の空白は、藤壺を母のように慕うことで埋めていったのでしょう。それはやがて恋慕へ変わり、藤壺は光源氏の勢いに押し負けてしまいます。光源氏との不義密通で、生涯苦しみを背負うことになりました。

悩む藤壺でしたが、子どもが生まれてからは、たくましく賢く行動します。

ここでは、藤壺の母としての顔を見ていきましょう。

【新しい登場人物】

・冷泉帝《れいぜいてい》：表向きは藤壺と桐壺帝の子。本当は光源氏との子。
・弘徽殿大后《こきでんのおおきさき》：第一皇子の母で、藤壺と対立する女性。

桐壺院との別れ

藤壺が二十七歳の時にはすでに、桐壺帝は次の帝に位を譲り、桐壺院と呼ばれていました。今までとは違う場所で暮らし、二人でのどかな日々を送っていましたが、翌年、桐壺院が病に倒れてしまいます。

東宮《とうぐう》（皇太子）となり、藤壺たちと離れて暮らしていた我が子が見舞いに訪れました。父である桐壺院を恋しく思っていたようで、いじらしいほど会えたことを一心に喜んでいます。当然、東宮は藤壺と光源氏の関係を知りません。隣で藤壺は泣かずにいられませんでした。

やがて桐壺院は亡くなります。藤壺と光源氏は何も考えることができないほど、誰よりも深く悲しみました。四十九日の法事のあと、藤壺は実家に帰ることになります。

桐壺院が亡くなった後、天下は、新しい帝の母である弘徽殿大后や、祖父である右大臣の思うままになっていきました。

藤壺がわが子を守るためにした二つの選択

藤壺は光源氏との秘密が表沙汰になることを最も恐れています。東宮になったわが子のためにも隠しとおさねばなりません。しかし、光源氏はなおも藤壺への想いを止めることができないようです。彼を拒絶すればいいのですが、光源氏は息子の後見人で、関わりを絶つことはできません。桐壺院が亡くなった今、頼りになるのは光源氏だけですから、無下に扱って後見をやめられても困ります。

では、藤壺はどのように動いたのでしょうか。二つの場面を見ていきたいと思います。

①強い意志で押しとどめる

ある日突然、光源氏が再び藤壺の寝所に忍び込んできました。藤壺は彼が入ってこないように戸締りにも気を付けていましたが、よほど慎重に計画したらしく、気づいた女房もいませんでした。光源氏は言葉を尽くして思いのありったけを訴えますが、藤壺は隙なく冷たくあしらいます。そうしているうちに、藤壺は体調が悪くなり、胸を詰まらせて苦しみだしました。実家では大騒ぎになり、さまざまな人が出入りしているうちに日が暮れてきて、彼女の容態も落ち着いてきました。

光源氏は見つからないように隠れていましたが、やがてそっと出てきて藤壺を見つめます。悩ましげな美しさに更に惑わされ、藤壺を引き寄せました。驚いた藤壺が上着をするりと脱いで逃げようとすると、髪の毛までつかんできます。しかし、それでも藤壺は折れず、光源氏を押しとどめたのです。わが子である東宮を守るためには絶対あってはならないという藤壺の覚悟が通じたのでしょうか。以前は流されてしまった藤壺ですが、母となり意思が強くなったようです。

光源氏は帰る前に歌を詠みました。

逢うことのかたきを今日に限らずは　今幾世をか嘆きつつ経ん
（逢うことがいつまでもこんなに難しいならば、この先幾世も生まれ変わりつつ嘆き暮らすことでしょう）

藤壺はため息をついて、

ながき世のうらみを人に残しても　かつは心をあだと知らなんが
（永遠に私を恨むと言われましても、一方、そんな心はすぐに変わるものだと承知してください）

と返すのでした。

②出家してしまう

この出来事のあと、光源氏は自宅に引きこもってしまいます。世間から不審に思われ、光源氏との秘密が露見すれば、藤壺も東宮も終わりです。それを光源氏に分からせねば…、と藤壺は悩みました。また、我が子の後見人である光源氏に自分のことで絶望して出家されるのも困ります。それなら自分が出家するしかない、と決意するのでした。

当時は出家をすると、たとえ夫婦であっても男女関係を断ち切るものでした。さすがの光源氏も、出家した人には手が出せません。

わが子にはそれとなく話をします。出家すれば、髪も短くなり薄墨色の着物を着ることになり、何よりも、更に会う機会が少なくなります。

藤壺が話しながら泣いてしまうと、東宮も「長い間会えないと恋しくなってしまうのに」と涙をこぼすのでした。藤壺は東宮との別れが名残惜しく、次から次へと語らずにいられません。東宮はあまり真剣に聞いていないようで、藤壺は気がかりです。ただ、いつもなら早くに眠るのに、今日は母が帰るまでは起きていよう、と思っているようでした。

それから一ヶ月ほどして、藤壺主催の法要が催されました。その時に彼女は出家を断行しました。周囲にはそんな素振りも見せていなかったので、皆が驚き大騒ぎになります。誰もが涙で袖を濡らして帰っていきました。光源氏は衝撃を受けて茫然とするばかりで、しばらく言葉も出ないのでした。

やや落ち着いた後、藤壺と光源氏は歌を詠み交わしました。光源氏は、

月のすむ雲居をかけてしたうとも　この世の闇になおやまどわん

（今宵の月のように、澄んだ出家の境地を慕っても、私はやはり、子のいるこの世の煩悩に迷うことでしょう）

と、言わずにいられません。

藤壺は、次のように返しました。

おおかたの憂きにつけてはいとえども　いつかこの世を背き果つべき

（世のはかなさを知らされて出家しましたが、一体いつ、子のいるこの世の執着を断ち切るこ

とができるでしょうか）

藤壺の光源氏への想い

次の年の夏、光源氏は、帝から最も寵愛を受けていた右大臣の娘である朧月夜と密会しているところを右大臣に目撃されてしまいます。この一件をきっかけに無位無官になった光源氏は、須磨（兵庫県）で謹慎することを決めます。

出家した藤壺ですが、内々で始終、光源氏に見舞いの使者を送りました。光源氏は、出家前にこのような情けを見せてくれていたら、と悩まずにいられません。

須磨に出発する前日、藤壺の元へ光源氏が挨拶に来ました。どちらも悲しくつらい思いです。藤壺にすれば、わが子である東宮の後見である光源氏が都を去るわけですから、東宮の将来が気がかりでたまりません。

しばらくして、須磨にいる光源氏から手紙が届きました。藤壺は彼の身の上をずっと心配していたことでしょう。

松島のあまの苫屋もいかならん　須磨の浦人しおたるるころ
（尼のあなたはいかがお過ごしでしょうか。須磨の浦に侘び住まいする私は涙に濡れております）

藤壺にしても、光源氏は因縁の深い男性であり、うわべだけの気持ちではとてもいられません。今までは世間の噂が気がかりで、あえて無愛想な態度で接してきたのです。

塩垂るることをやくにて松島に　年ふる海士《あま》もなげきをぞつむ
（涙に濡れるのを仕事にして、尼の私も嘆きを重ねております）

と、返しました。

わが子が冷泉帝として即位

何年かして、光源氏はようやく都に戻れることになりました。その後、藤壺が産んだ東宮が冷泉帝として即位します。

藤壺には、後見人である光源氏が須磨・明石にいる間、我が子が東宮の座から降ろされるのでは、という不安がありました。実際、右大臣側はそのように策略をめぐらせていたようです。息子が光源氏と顔がそっくりなのにはいたたまれない思いですが、無事に帝として即位し、藤壺は安堵したことでしょう。

政権も右大臣側から光源氏側に移ります。藤壺は女院として上皇に準じる立場で、勤行や善行を日々の仕事にしています。今は思いのままに、わが子である冷泉帝のいる宮中に出入りできるようになりました。

冷泉帝との最後の面会

しばらくして、光源氏を長年支えてきた太政大臣が亡くなりました。

同じころ、藤壺は病に臥せるようになります。次第に症状は重くなり、果物さえも口にできない状態でした。見舞いに来た冷泉帝には、「あなたとゆっくり昔話などしたいと思っていましたが、できぬまま今日まで過ごしてしまいました」と弱々しく話します。冷泉帝はまだまだ若く美しい母の姿に、たいそう惜しくも悲しくも思うのでした。

藤壺は心の中で、短い人生を振り返ります。

帝の娘に生まれ、后となり、帝の母となって…。女性として、並ぶものがない栄華に彩られた人生だった。一方で、苦しいことも人並み以上だった。

【原文】

高き宿世〈すくせ〉、世の栄えも並ぶ人なく、心のうちに飽かず思うことも人にまさりける身とおぼし知らる。

我が子が実の父は光源氏であると知らないことも気の毒に思います。冷泉帝はしきたりがあるので、ほどなく帰らざるを得ませんでした。

光源氏との別れ

光源氏に対しては、藤壺は苦しい息の下から、息子の冷泉帝を後見してきてくれた礼をかすかに発します。

「長年、身にしみてありがたく思っていました。何かの折に感謝の気持ちをと考えていましたのが、今となれば無念です」

返事のできない光源氏は泣き出してしまいます。そしてようやく藤壺に語りかけました。「太政大臣が亡くなったことだけでも、世の中の無常迅速を知らされ辛いのに、藤壺様までこのようになられて、どうしてよいか分かりません。私もこの世に長くはおれぬ気持ちが致します」光源氏がこのように話している最中、藤壺は灯火が消え入るように息を引き取りました。

藤壺はあまねく世の人々に心をかけていた人だったので、どの人も、事情を知らない山伏《やまぶし》までもがその死を惜しみました。

まとめ――完璧だった藤壺の悩み多き一生

藤壺は完璧な女性で、なおかつ可憐さが魅力でした。しかし子どもを産んでからは、たくましい女性に変わっていきます。光源氏との微妙な関係の中で立ち回り、わが子を守り切ったのは藤壺の強さと機転があればこそでしょう。

一方で、罪の意識に苦しみ続けた人生には考えさせられるものがありました。順風満帆に見える人も、藤壺のように見えないところで悩み苦しみを抱えているのかもしれません。

第十一回　紫の上

紫の上は『源氏物語』の王道ヒロイン！三人のライバルとの関係を解説

紫《むらさき》の上《うえ》は、光源氏から最も愛され、『源氏物語』の女主人公と言われることもある女性です。藤式部《とうしきぶ》と呼ばれていた作者が紫式部と言われるようになったのも、紫の上の名前が由来ではないかという話もあります。容姿や教養、人柄や振舞いにおいて最も理想の女性と評価され、まさに王道のヒロインと言えるかもしれません。
そんな紫の上の魅力を紹介しましょう。

【今回のおもな登場人物】
・紫《むらさき》の上《うえ》：この回の主人公
・光源氏《ひかるげんじ》：紫の上が連れ添う夫
・尼君《あまぎみ》：紫の上の母方の祖母

・兵部卿宮《ひょうぶきょうのみや》：紫の上の父
・藤壺《ふじつぼ》：紫の上の叔母で、光源氏あこがれの人

若紫の登場！　藤壺にそっくりな女の子

幼い頃の紫の上を若紫《わかむらさき》と呼びます。彼女の初登場は、十八歳の光源氏が療養中の北山で垣間見《かいまみ》する場面です。

十歳くらいだろうか、白い下着に山吹襲《がさね》の着なれたうわぎを着て走ってきた女の子…成人したら一際美しくなるだろうと思える可愛い容姿である。髪は扇を広げたようにゆらゆらとして、泣き腫らした顔は、こすって真っ赤になっている。

【原文】
十ばかりにやあらんと見えて、白き衣《きぬ》、山吹などのなれたる着て、走り来たる女子《おんなご》、…いみじくおいさき見えて、うつくしげなる容貌《かたち》なり。髪は扇をひろげたるようにゆらゆらとして、顔はいと赤くすりなして立てり。

まだ桜咲く北山で、山吹色のうわぎを着た、十歳くらいのとても可愛い女の子が走ってやって来るのです。鮮烈なデビュー場面です。

「雀の子を犬君〈いぬき〉が逃がしたの。せっかく大事にしていたのに」と。女の子は近くにいた尼君に訴えますが、「なんて子どもっぽいことばかり…」と尼君にたしなめられています。光源氏は、恋焦がれていた藤壺にそっくりな少女を見て息を呑むのでした。

まだ幼い若紫への求婚

少女は尼君の亡き娘と、藤壺の兄である兵部卿宮《ひょうぶきょうのみや》の間に生まれた姫君でした。藤壺の姪にあたる子ですから、そっくりなのも当然です。若紫の母は正妻から嫌がらせを受け、思い悩んで亡くなったらしく、祖母の尼君が育てていました。

光源氏は若紫を是非自分の手元で育て、将来は妻にしたいと強く願います。そして、尼君の兄の僧都《そうづ》に引き取りたい意志を伝えるのです。しかし、まだ幼い子どもなのにと僧都も尼君も呆れるばかりで、まったく相手にしませんでした。

若紫といえば、幼心に光源氏を素晴らしい方だと思っていたようです。「お父さまより立派な方だわ」と言ったり、女房が「それなら、あの方のお子になったら」と言うとうなずいたり…。人形遊びの折などには「源氏の君」の人形を作って大切にしていました。

若紫を引き取った光源氏

光源氏は療養を終えて都に帰ったあとも若紫を忘れられず、尼君たちや若紫あてにも文を送ります。その後、尼君は患っていた病により、だんだんと弱っていきます。尼君は、光源氏の懇願に戸惑ってはいましたが、若紫が成人したときには光源氏に後見してもらいたいと願っているようでもありました。

ほどなく尼君が亡くなります。若紫は悲しくてたまらず、幼心にも胸がふさがれる思いでした。

服喪の期間が過ぎて、若紫のもとに光源氏が訪ねてきます。亡き尼君は、孫娘が父の正妻からいじめに遭わないか心配して、父の引き取りを拒んでいたことを乳母から聞きました。

翌日、その父が邸を訪れ、「明日にも若紫を引き取りたい」と言ってきたではありませんか。従者から知らせを受けた光源氏は、直ちに動かねばと思ったのでしょう。明け方に若紫の邸を訪ね、無心に眠る姫を起こし、抱き上げて車に乗せました。若紫は様子が変だと気づいて泣き出しますが、乳母とともに光源氏の邸宅へと向かうのでした。

二条院での光源氏との日々

若紫は光源氏の邸である二条院に迎えられます。不安いっぱいだった姫ですが、翌朝には風情のある立派な邸宅や、うつくしい絵、おもちゃなどの光源氏の心尽くしに気持ちは和んでいきました。光源氏は早速若紫に手習いを教え、ともに人形遊びもするのでした。

若紫はやがて光源氏に慣れ親しみ、彼が帰ってくると真っ先に出迎え、素直に光源氏の懐に抱かれます。父娘、兄妹にも似た温かな情愛が通い合うのに時間はかかりませんでした。

夫婦ではないにせよ、光源氏は姫が可愛くて仕方なく、気持ちが沈んでいても、可憐で愛嬌のある姫と語り合うと気が紛れました。一緒に箏の琴を演奏をすると、彼女はもの覚えが早く、難しい調子でも一度で習得するのです。光源氏は、何につけても才能があり理想通りだと嬉しく思いました。

美しく成長した若紫

若紫は、月日とともに美しく成長していきます。愛嬌もあり、利発な性格も目立ってきました。

光源氏には葵《あおい》の上《うえ》という正妻がいたのですが、男の子を出産してまもなく、急に亡くなりました。光源氏は、葵の上の実家である左大臣邸に籠って喪に服します。何か月かして、光源氏は皆が心待ちにしている二条院に帰ってきました

若紫に「会えなかった長い間に、びっくりするほど大人っぽくなりましたね」と語りかけると、恥ずかしそうに横を向きます。その姿は非の打ち所がなく、藤壺そっくりです。

光源氏はそろそろ男女の契りを結んでもいいのではないかと考え始めます。結婚を匂わすことも話してみましたが、姫にはさっぱり何のことか分かりませんでした。

孤児同然だった若紫の結婚

その後、若紫は光源氏と夫婦として結ばれます。光源氏は、部下に命じて三日の夜の餅〈みかのよのもちい〉、新婚三日目の祝いの餅を用意させ、少しでも正式な結婚に近づけようとしました。また、若紫の父にも知らせようと、女子の成人式である裳着〈もぎ〉の準備も進めるのでした。

もしも若紫が父親に引き取られていたら、正妻にいじめられていたことでしょう。光源氏の

心遣いに、乳母は泣かずにいられないくらい有り難く思うのでした。

若紫の父は、かつての帝の子どもですから身分は高いのですが、彼女はその娘でありながら、父から大切にしてもらえなかった姫でした。同じような立場にあった朝顔の姫君とそこが違います。孤児同然の境遇とも言える若紫が、天下一の貴公子、光源氏の正妻格の女性となったことは、世間から見れば非常に幸運なことでした。

若紫が受けた衝撃

しかし、当の若紫はどのように感じていたのでしょうか。

本当の夫婦として結ばれた日、彼女は、父とも兄とも頼りにする光源氏の驚くべき変貌にあまりにも大きな衝撃を受けていました。翌朝、枕元には光源氏からの文が置かれています。

あやなくも隔てけるかな夜《よ》をかさね　さすがに馴れし夜の衣《ころも》を
（どうしてあなたと何もない関係でいたのでしょう。幾夜も幾夜も、親しく夜の衣を共にしていたのに）

若紫は悔しくて悔しくてたまりません。こんないやらしい心があるとは知らず、「何の疑いもなく信じきっていたとは…」と。

昼頃、光源氏がいつまでも寝室から出てこない若紫の様子を見にきます。彼女はますます着物を引きかぶって寝たままです。彼が「どうして何も言ってくれないのですか。意外に冷たい方だったのですね」と着物をはがすと、若紫はびっしょり汗をかいていて額の髪も濡れていました。光源氏はいろいろ機嫌をとるけれども、若紫は心底からひどいことだと思っているので、まったく返事をしません。光源氏の歌にも当然、返歌はありませんでした。

光源氏は須磨へ…　近づく別れの日

思いもよらぬ結婚をした紫の上でしたが、徐々に世間の常識も理解し、妻としての自覚をもって光源氏を支えていきます。ところが、光源氏が二十四歳のとき、大きな事件を起こしてしまいます。謀反の罪を着せられて、無位無官となり、自ら須磨へ謹慎することを決めました。

紫の上の嘆きや悲しみは、別れの日が近づくにつれて深くなります。何年という期限がある旅ではありません。また、無常のこの世には何があるか分からないのです。

「もしかしたら、これが永遠の別れになるのでは…」と、紫の上は不安にかられます。紫の上が頼りにできるのは光源氏一人です。一緒に須磨へ行きたいのですが、どうしても無理だと言い聞かされました。

翌朝、痩せた面影を鏡に映す光源氏の姿を、目に涙を浮かべてじっと見つめずにはいられません。光源氏はその様子をいじらしく思い、次のように詠みます。

身はかくてさすらえぬとも君があたり　去らぬ鏡の影は離れじ
（我が身はこうして流浪の身となっても、あなたのそばにある鏡に映ったこの影は離れませんよ）

紫の上はこう応えました。

別れても影だにとまるものならば　鏡を見てもなぐさめてまし
（お別れしても影さえとどまるのならば、鏡を見て心を慰めることができるでしょうが…）

彼女は柱の陰に隠れて涙を拭うのでした。光源氏は、やはり今まで出会った女性たちの誰とも比べられない女性だと心打たれます。

妻としての役割を果たす

旅立ちの日、紫の上は光源氏と語り合って過ごします。夜更けてから出発するのが旅立ちの常でした。光源氏は、

生ける世の別れを知らで契りつつ　命を人に限りけるかな
（生き別れがあるとは思いもせず、命ある限り別れまいとあなたに何度も約束しましたね）

と、口にします。

紫の上はこのように詠みました。

惜しからぬ命にかえて目の前の　別れをしばしとどめてしがな
（惜しくもない私の命にかえて、今この別れを少しでも引き止めておきたい）

須磨に旅立った光源氏からは、五月雨の頃に手紙が届きます。紫の上は手紙を抱きしめたまま、起き上がることもできずに光源氏を恋しく思いました。彼の弾き慣らした琴や脱ぎ捨てた衣の香りが、亡くなった人の形見のように思えます。須磨に送る夜具を準備していても光源氏の面影ばかりが浮かんできます。光源氏への返事はとくに心こもったものでした。

浦人のしおくむ袖にくらべ見よ　波路へだつる夜の衣を
（浦人の塩を汲む袖のようだという、あなたの涙で濡れた袖を私の衣と比べてみてください、波路を隔てて毎夜泣いている私の衣と）

紫の上がお見舞いにと光源氏に送った着物の色合いも仕立て具合も、たいそう素晴らしいものでした。紫の上が何ごとにおいても見事な腕で、理想的な女性になったことを思うと、光源氏は彼女に会えない今の境遇をひどく残念に思います。

光源氏は邸《やしき》や領地の管理を紫の上にゆだねていました。彼女は嘆きながらも女房たちをまとめ、光源氏の留守を守っています。彼女の人柄からか、光源氏についていた女房たちも誰ひとり二条院から出ていく者はいませんでした。当時では珍しいことです。主人の光源氏がいつ帰京するか分からない中、もっと有望な働き口を探して出ていくことも可能でしたから。

紫の上と三人のライバルたち

立派に妻としての役割を果たし、光源氏からも愛されていた紫の上でしたが、彼の浮気癖にはたびたび悩まされます。紫の上にとって、特にライバルとなった女性を三人ご紹介しましょう。

①明石の君【紫の上の衝撃度：★】

光源氏は須磨へ旅立ってしばらくしてから、明石へ移ります。都で待っていた紫の上のもとに、彼から手紙が届きました。そこには、明石の君という女性と結ばれたという報告が書かれているではありませんか。彼は、紫の上に隠し事をしたくないという思いから、正直に書いてきたのです。「今までも浮気沙汰であなたに嫌な思いをさせたことを思い出すと胸が痛むのに、また不可解なつまらない夢を見てしまいました。この告白で隠し事をしない私の気持ちは分かると思います。あなたへの変わらぬ愛を誓ったその誓いには背いていません。」

しおしおとまずぞ泣かるるかりそめの　みるめは海士《あま》のすさびなれども

（あなたを思いさめざめと泣いています。かりそめに他の女と逢ったのは海士の戯れにすぎないけれども）

紫の上は素直な書きぶりで返事をし、手紙の終わりにはこの歌を添えました。

うらなくも思いけるかな契りしを　松より波は越えじものぞと

（疑うことなく信じていました、約束したのですから。〈何があっても〉末の松山を波が越えることはないように、心変わりはないものと）

身分は紫の上の方がずっと上ですから、妻の立場が脅かされることはありません。しかし、光源氏を想って待っていた彼女にとってはショックだったでしょう。

この後光源氏は都へ帰ってくるのですが、彼から明石の君が女の子を出産したと告げられます。「あなたでないのは残念だ。親として見捨てることもできない。憎むのではないよ」と。

紫の上は顔を赤くして、「いやですわ。自分の心が嫌になります。嫉妬することを私たちはいつ覚えるのでしょう」と恨み言を言いました。

光源氏はこの後も、誕生した姫君のことで明石の君と手紙のやりとりをし、都の近くに明石の君が移ってくれれば、そわそわして出かけていきます。紫の上は不満を隠さず、そのたびに拗ねるのでした。

このあと光源氏は、紫の上に「明石の姫君をあなたが育ててくれないか」と相談を持ちかけます。明石の君のもとで育てるよりも、身分の高い紫の上が母となったほうが姫君のためにもよいと考えたからです。紫の上は幼い子どもが無性に好きだったので、引き取って大事に育てたいと快く引き受けました。

姫君を二条院に迎えると、最初は実母の明石の君や親しんできた人を探して泣くこともありましたが、紫の上にすぐになついて慕うようになり、彼女も心から喜ぶのでした。明石の君を訪ねる光源氏に恨み言を言うこともなくなりました。愛らしい姫君に免じて大目に見ているのです。自分が明石の君の立場なら、娘が恋しくておかしくなるだろう、とも思います。姫を抱き上げて戯れる姿は実の母子のようで、だれもがつい見つめてしまうほどでした。

②朝顔の姫君【紫の上の衝撃度：★★】

明石の姫君を引き取った翌年の秋頃から、光源氏は朝顔の姫君に恋慕するようになります。

世間では「とてもお似合いの二人」と噂しています。光源氏をよくよく観察すれば、心ここにあらずの有り様でした。紫の上は、「朝顔の姫君は私と同じような身分といっても世間の人望は格別な方。噂どおりになれば、私はどんなにみじめになるだろう」と悩みます。明石の君のときは恨みごとを口にできましたが、今は心から苦しんでいるからこそ、かえって顔色にも出せません。

光源氏は、朝顔の姫君のもとへ出かける際、紫の上に外出の挨拶だけはします。紫の上は明石の姫君をあやしながら、光源氏の方を見ようとはしません。言い訳を並べる光源氏に、「見慣れ過ぎると悲しいことが多くなりますね」とだけ言います。「長く一緒にいる私のことがうっとうしくなってきたのですね」という気持ちでしょう。雪の光に映える華やかな姿を見送りながら、これ以上光源氏が離れていったら堪えられそうもない、と思います。

光源氏が帰ってこない日が続き、紫の上はこらえていますが、恋しくて恋しくてたまりません。やっと顔を合わせた日、光源氏は紫の上の髪をなでながら「どうしたの」と語りかけ、邸を留守にしていたことや朝顔の姫君の件について、あれこれ弁明をしました。また、これまで関わりのあった女性たちについて語るのを聞いた紫の上は、

氷閉じ石間《いしま》の水はゆきなやみ　空澄む月のかげぞながるる

（氷が張って、石の間の水は流れかねていますが、空に澄む月の光は西へと流れていきます。私は閉じこめられていますが、あなたはどこへでも行けるのですね）

と詠みました。

朝顔は結局、光源氏の求愛を拒みとおしたので、紫の上は事なきを得るのでした。

③女三の宮【紫の上の衝撃度：★★★】

光源氏が頂点を極めて四十歳を迎える頃、朱雀院は愛娘である女三の宮の婿選びをしていました。候補として光源氏の名前が挙がっているという噂を聞いても、紫の上は「朝顔の姫君の時も結局何もなかったわ」と楽観的な気持ちでいました。ところが、女三の宮の光源氏への降嫁（こうか：皇女（帝の娘）が皇族以外の男性に嫁ぐこと）が決定してしまいます。今までの女性たちと違い、帝の愛娘、最高の身分の姫君です。

正妻ではない紫の上は、この上なく動揺しました。「朱雀院様からの気の毒な頼み事ですね。私がどうして不快な思いなどできるでしょうか…」と表面は平静をよそおいます。光源氏は、紫の上が素直に受け入れてくれて有り難いことだと思います。

紫の上は愛されている身を思い上がり、安心しきっていた、それなのに、ここへきて世間の笑い者になろうとは…、と内心では苦しまずにいられません。

年が改まった二月半ば頃に、女三の宮が六条院に輿入れしてきます。新婚三日の間は盛大で優雅な宴が催され、紫の上はひたすら何気なく振る舞ってお世話をするのでした。この三日間、光源氏は女三の宮の部屋に通います。

今までこんな経験のなかった紫の上は、こらえようとしても、耐え難い気持ちです。紫の上は歌を書きます。

目に近くうつればかわる世の中を　行く末遠く頼みけるかな
(目の当たりにこうも変わってしまうあなたとの仲でしたのに、行く末長くと頼りにしていたことです)

また、ある日光源氏は紫の上が隠していた歌を見つけます。

身に近く秋や来ぬらん見るままに　青葉の山もうつろいにけり
（秋が身近に来たのでしょうか、見ているうちに青葉の山の色も変わってしまいました。私も飽きられたのでしょうか）

しかし、紫の上は悲しみを決して表に出しませんでした。女三の宮と対面した時は親しく言葉を交わし、無邪気な女三の宮はすっかり気を許し、二人は親しく手紙のやり取りをするようになりました。

世間の人々は初め、紫の上はどう思っているだろう、光源氏の寵愛も少しは冷めるだろう、と言っていました。しかし、女三の宮を迎えて光源氏の紫の上への愛情は一段と深まり、さらには紫の上と女三の宮が仲良く付き合っているので、悪いうわさも立たなくなったのです。

光源氏を支えた理想の女性・紫の上

光源氏の人生の中で一番長く側にいたのが紫の上です。光源氏を政界から抹殺しようとたくらむ敵や、身内にもライバルがいる中、彼が三十九歳で頂上に上り詰めるまで、ずっと寄り添い支えてきました。しかしそれだけに、彼の浮気に一番悩まされたのも紫の上かもしれません。

ほかに頼る人のない紫の上は、忍耐して光源氏に尽くし、懸命に自分を磨いていきます。このあと、より一層彼女の輝きは増していくのですが、光源氏とのすれ違いも多くなっていくのです。

会うたび美しさが増す！　光源氏の理想の妻・紫の上の人生とは？

紫の上は、孤児同然の境遇から光源氏に引き取られ、彼の教育方針に添って育てられ、教養も素直さも細やかさも身につけた美しい女性に成長しました。まさに「理想の女性」です。やがて周囲から羨まれるような結婚をした紫の上でしたが、心もとない人生への悩みは尽きませんでした。その悩みや不安に比例するように、彼女の美しさにはますます磨きがかかっていきます。

ここからは、光源氏との関係から紫の上の心情を追っていきたいと思います。

【新しい登場人物】

・明石《あかし》の君《きみ》：光源氏が謹慎中に出会った人。光源氏の娘を生む。

・明石《あかし》の姫君《ひめぎみ》：明石の君の娘。紫の上の養女となる。
・女三《おんなさん》の宮《みや》：帝の娘で、光源氏の正妻となる女性。

六条院での穏やかな暮らし

女三の宮の降嫁から少しさかのぼりますが、明石の姫君を引き取ってから数年後、光源氏は大邸宅、六条院を完成させました。ここには春夏秋冬の町があり、紫の上は春の町で光源氏や明石の姫君と暮らします。夏の町は花散里、秋の町は秋好中宮《あきこのむちゅうぐう》（光源氏の養女）、冬の町には明石の君が入りました。

その年の年末、光源氏は女性たちに贈る正月の晴れ着を準備しています。紫の上は見て見ぬふりをして、それぞれの女性の容姿を想像します。まず、紅梅の模様が浮く葡萄《えび》染めの小袿《こうちぎ》と今様色（紅梅色）のは紫の上の衣装。桜色の表着は幼い明石の姫君。明石の君には白い小袿に濃い紫のつややかなものを重ねた衣装。明石の君には気品に満ちあふれた女性らしい衣装だと紫の上は侮りがたいものを感じます。他の女性たちへの衣装も見ながら、思いを巡らせるのでした。

年も改まった元日の朝、雲一つないうららかな空が広がり、春の町の庭は梅の香りと御簾《みす》の内から流れる香が混ざり合ってこの世の極楽浄土とまで思えます。
紫の上はゆったりと落ち着いた暮らしぶりでした。光源氏が紫の上に祝い言を言います。

うす氷とけぬる池の鏡には　世にたぐいなきかげぞならべる
(薄氷がとけた鏡のような池に、世に並ぶもののない幸せな私たちの影が並んで映っています)

紫の上は、

くもりなき池の鏡によろず代を　すむべきかげぞしるく見えける
(曇りのない鏡のような池に、いつまでも仲良く住む私たちの姿がはっきりと見えます)

と、返歌します。
末永い契りを睦まじく詠み交わす二人は、理想的な夫婦でした。一番幸せなひとときだったかもしれません。

明石の君との初対面

さて、養女の明石の姫君が東宮妃（皇太子妃）として入内《じゅだい》（結婚すること）する日が近づいてきました。紫の上は三十一歳になっていました。姫君の入内には母親が付き添うものでしたが、光源氏は「実の母、明石の君をお世話役として付き添わせようか」と考えます。紫の上も「最終的には親子はいっしょになるべきもの。明石の君も離ればなれの暮らしを不本意に思い、悲しんでいるでしょう。姫君も実の母親が気がかりで恋しく思っているのでは…」と考えて、光源氏の案に賛成します。

入内の夜は紫の上が付き添い、姫君の入内後三日を過ごして、紫の上は宮中を退出しました。紫の上に代わって明石の君が宮中に参上する夜、二人は初めて顔を合わせます。「あなたとは今さら他人行儀はいりませんね」と紫の上が親しく声をかけました。紫の上は明石の君が地方出身で身分が低いことは聞いていましたが、彼女の様子に、光源氏がこの人を大事にするのはもっともだと、意外な思いで見つめます。

光源氏は数年前に太政大臣になっていましたが、この年、準太上天皇（準上皇～帝が退位した待遇に準ずる）になりました。光源氏は名実ともに栄華を極めます。さまざまな要因はあるでしょうが、紫の上の内助の功も欠かせない要素だったに違いありません。

光源氏の明石での思い出… すれ違う二人

順風満帆かに見えた紫の上と光源氏でしたが、実は二人の関係はすれちがいの連続でした。それは、多くの女性たちとの関係を見てもわかります。思えば、光源氏が明石の君と結ばれた時もそうです。光源氏が明石から都へ帰ってきたあと、彼は紫の上に明石での思い出を語ります。紫の上は、自分はずっと悲しみに沈んで暮らしていたのに、いっときの気まぐれにせよ、ほかの女性を想っていたのだと切ない気持ちになりました。「昔はあんなに心の通った私たちでしたのに」とつぶやいて、歌を詠みます。

思うどちなびくかたにはあらずとも　われぞ煙《けぶり》にさきだちなまし

（愛し合う二人が同じ方向になびくという方角ではないにしても、私もその煙になって先に死んでしまいたい）

光源氏は、「何を言うのだ。情けないことを」と、次の歌を返しました。

誰〈たれ〉により世をうみやまに行きめぐり　絶えぬ涙に浮き沈む身ぞ

（誰のためにつらいこの世を海や山にさすらって、流し続ける涙に浮き沈みする私だというのか）

紫の上の気持ちが分からない光源氏

また、光源氏が女三の宮を正妻として迎えることになったとき、紫の上は自分の安定した生活が奪われるのではないかと足元が崩れ落ちる思いでした。女三の宮のもとへ出かけていく光源氏を、穏やかではない心を抱えながら見送ります。寂しいひとり寝が三晩続いたとき、すぐに寝入ることもできず、また近くにいる女房たちに気をつかって身じろぎもできませんでした。

しかし一方の光源氏は、あどけなく幼いだけの女三の宮にがっかりして、引き取ったばかりの時でも紫の上が聡明で気が利いていたことを思い出しています。光源氏にすれば女三の宮と結婚して、紫の上の人となりが今まで以上に素晴らしいと感じられるようになり、いっそう愛情が募るのでした。

気持ちがすれ違ったままの二人には、こんな出来事もありました。女三の宮を迎えてしばらくたったある日、光源氏がそわそわしながら「末摘花の病気の見舞いに出かけようと思う」と言います。紫の上は、朧月夜のところへ行こうとしていると察しましたが、以前のように嫉妬を見せません。女三の宮が正妻になってから、光源氏から心は少し離れていました。素知らぬふりをして見送ります。その後、帰ってきた光源氏の寝乱れた姿を見て、紫の上は「やはり…」と思いつつ、気づかぬふりをします。光源氏にすれば嫉妬されるより見放された様子が耐え難く、朧月夜との密会の話をしてしまうのです。続けて裏切られた思いからでしょうか、紫の上はさすがに涙ぐみます。紫の上の心が分からない光源氏は、自覚のないまま彼女を傷つけていくのでした。

紫の上の願い

光源氏が四十代後半になり、紫の上に自分の半生を振り返って語る場面があります。「普通の人以上に大事に育てられ栄華を極めたが、かわいがってくださった方々に次々と先立たれ、悲しい目に遭うことも人よりずっと多かった…」と。そして紫の上の半生については、「私が須磨や明石で謹慎していた時を除けば、あなたは宮中の妃たちのような寵愛を争う気苦労や不安はなく、なみはずれて幸運だった。分かっているかな。女三の宮を迎えておもしろくないかもしれないが、私のあなたへの愛情はますます深まったのです」などと語りました。

紫の上は、「私には過ぎた幸せかもしれませんが、ずっとこらえがたい悲しみがつきまとって離れません。その苦しみが祈りとなって生き永らえています。以前にもお願いしました出家のこと、許してくださいませんか」と言うのでした。

紫の上は、以前から出家させてほしいと光源氏に頼んでいたのです。しかし、彼女がいない暮らしなど考えられない光源氏は許しません。光源氏は、過去に関わった女性たちの誰よりも素晴らしい紫の上の人柄を讃え、女三の宮の元に出かけていきました。

その後、紫の上は女房たちに物語などを読ませながら、「物語の中では、女は結局頼れる一人の男がいるらしいけれども、自分は寄るべない様で生きてきた。人並み以上の幸運に恵まれたけれども、女の悩みが離れない人生で終わるのだろうか。つまらない一生だわ」と心の中で呟かずにはいられません。

病に倒れる紫の上

そしてその夜、紫の上は突然発病し倒れたのです。胸の痛みで苦しみ、たいへんな高熱を出しました。驚いて女三の宮の元から帰った光源氏は、ほかのことが考えられず、たいそう心細い気持ちで、熱心に看病します。しかし、紫の上の病は癒えず、光源氏は彼女を六条院から二条院に移しました。光源氏は付きっきりの看護で、六条院はひっそり寂しくなります。紫の上は日ごとに衰弱していき、四月には危篤に陥ります。なんとか蘇生しましたが、うわさで紫の上が亡くなったと聞いた人々が、次々に見舞いに来るのでした。光源氏は今まで、紫の上の再三の出家の願いを許してきませんでしたが、少しでも長生きしてほしいとの思いで、「五戒」を受けることだけは許します。

五戒を受ける、とは在家の仏教信者が守るべき戒律を授けられるということです。正式な出家ではありません。

暑い時は息絶え絶えで弱っていたのですが、六月に入り、少し病状が安定しました。光源氏があまりにも心を痛めおろおろしている様に、気を張って薬湯などを少しでも飲むようになったのです。

この頃、二人で歌を詠み交わしています。紫の上が少し起き上がったのを見て、夢のようだと涙を浮かべる光源氏に、彼女自身、胸がいっぱいになりました。

消えとまるほどやは経《ふ》べきたまさかに　蓮《はちす》の露のかかるばかりを

（露が消えないで残っている束の間も生きられるでしょうか。たまたま蓮の露が消え残ってい

るだけのはかない命ですのに）

光源氏は、

契りおかんこの世ならでも蓮葉《はちすば》に　玉いる露の心へだつな

（約束しておきましょう、この世だけではなく来世も極楽浄土の同じ蓮のうてなに生まれることを。その蓮の葉に玉のように置く露の、露ほどの心の隔ても私に持たないでください）

と、返歌します。

光源氏は一緒にいたいのですが、具合が悪いと聞いている六条院の女三の宮のところにも行かないわけにはいきません。二、三日離れている間、紫の上が気がかりな光源氏は手紙を送ってきます。

出家への思い

ところで光源氏は六条院の女二の宮を見舞い、彼女の懐妊を知ります。不可解な気持ちでしたが、女三の宮の不義密通の証拠となる、男からの手紙を発見してしまいました。光源氏は言いようのない苦しみに突き落とされます。もちろん誰に相談できることでもありません。

紫の上はふさぎこむ光源氏を見て、ここにいるけれども、女三の宮が気がかりでたまらないのでは、と思い違いをします。彼に女三の宮への見舞いを勧めました。

光源氏の心が自分から離れていっているのでは、と誤解したことで、紫の上はよけいに身体を弱らせることになったでしょう。

光源氏ゆかりの女性、朧月夜や朝顔の姫君が出家して仏道に専念している話を光源氏から聞くと羨ましく思い、そのように残りの人生を生きたいと願い続けています。紫の上はことあるごとに出家を切望しますが、光源氏は許してくれません。紫の上は光源氏をうらめしく思いながらも、自分の過去の行いが悪いからかと振り返らずにはいられませんでした。また自分が出家した後の光源氏の孤独や嘆きを思い廻らすと、いたたまれない思いになるのです。

最後のひと時、さまざまな縁

死期の近いことをさとる紫の上は、出家できない中でも少しでも仏法の縁を求めて、三月に二条院で法要を営みます。女性がこのようなことを学ぶ機会はあまりないのに、紫の上は仏道にもよく通じていて、大規模な法要の運営も自分でやり遂げ、光源氏は感心するのでした。紫の上は何ごとをするにつけても、しみじみとした思いです。明石の君と歌をやり取りし、紫の上は次の歌を詠みました。

惜しからぬこの身ながらもかぎりとて　薪〈たきぎ〉尽きなんことの悲しさ

（惜しくないわが身ですが、これを最後に命尽きるだろうことが悲しい）

明石の君は、あたりさわりのない歌を返しました。

薪こる思いはきょうをはじめにて　この世に願う法〈のり〉ぞはるけき

（〝薪こり……〟と唱えて行道してお経にしたがっていこうとなさる今日をはじめとして、この世で仏法を成就するまではるか先までかかるでしょう。あなた様のお命もずっと続くはずです）

紫の上は花を見たり鳥のさえずりを聞いたりしても、音楽を聞いても、様々な人々の振る舞いを見ても、すべてがあわれに感じられるのでした。

紫の上は翌日から病床に臥します。再びまみえることはないと知らされて、だれかれとなく執着されて名残を惜しみます。花散里とも歌のやり取りをしました。

夏になると更に衰弱し、見舞いに来た明石の中宮（かつての明石の姫君）に後の事を託すのでした。少し気分のよい時は、育てている明石の中宮の息子である匂宮《におうのみや》を前に座らせて話をします。「私がいなくなったら、思い出してくれますか？」匂宮は「とても恋しいと思います。お父さまよりもお母さまよりもおばあさまが一番…」と涙目をこすります。かわいらしい様子に思わず笑いながらも、涙がこぼれます。「大人になったら、二条院に住んで紅梅や桜をいつくしんで楽しんでください」と遺言するのでした。

紫の上の最期

秋になって紫の上は大変痩せ細り、それでも、例えようもなく愛らしい姿でした。命はもういくばくもないと覚悟している様は痛ましく、無性にもの悲しく感じます。

紫の上は次のように詠みます。

おくと見るほどぞはかなきともすれば　風に乱るる萩のうわ露

（起きていると見えてもはかない命、ややもすれば風に乱れる萩の上露と同じです）

光源氏は、

ややもせば消えをあらそう露の世に　後《おく》れ先だつほど経ずもがな

（どうかすると争って消えていく露のような世に、おくれ先立つ間をおかず、一緒に消えたいものです）

と涙とともに詠みます。

明石の中宮は、紫の上一人ではないと慰めます。

秋風にしばしとまらぬ露の世を　たれか草葉のうえとのみ見ん

（秋風にしばらくの間も止まらず散る露の命を、誰が草葉の上だけのことと思うでしょうか。私も同じです）

光源氏は「このままで千年も万年も過ごすすべがあればいいのに…」と思います。人の命の終わりを止める方法がないのは悲しいことでした。

紫の上はまもなく危篤状態に陥り、翌日の朝、露が消えるように息絶えました。悲しみに分別を無くしていたのか、光源氏は生前紫の上が願っていた出家を叶えたいと、息子の夕霧に相談します。夕霧は「本当に死んでしまってから出家しても意味がないですよ。ただ悲しみが増すばかりで…」とたしなめるのでした。

まとめ――会うたびに美しくなる紫の上

最後に紫の上の死に顔を見た光源氏と夕霧は、これまで以上に美しい姿に驚きます。紫の上の美しさは、本文中でたびたび触れられていました。光源氏の息子である夕霧が初めて紫の上の姿を見たときには、あまりの美しさに夜なかなか寝つけなくなってしまったほどだったとか。光源氏は、紫の上に会うたび、魅力が増していることに感動します。去年よりは今年のほうが美しく、昨日よりは今日のほうが新鮮で、常に今はじめて目にしたかのような気持ちになる女性だったのです。

彼女は困難に直面するたび、どんどん美しくなっていきます。見えないところでどれほど努力してきたことでしょうか。前向きに努力するのは彼女の元来の性格でしょうが、たくさんのライバルがいる中で光源氏の気持ちを繋ぎとめておく意味でも、自分を磨く必要があったのでしょう。

光源氏だけが頼りだった紫の上、他の誰よりも紫の上を愛していた光源氏。お互いに支え合っていても、最後まですれ違いばかりだった二人を見ていると、切ない思いが残ります。

しかし、つらい人生だったからこそ人々は紫の上に心を寄せ、千年間愛され続けてきたとも言えるのでしょう。

第十二回　明石の君

一番幸せをつかんだといわれる女性・明石の君
地方出身で家族思いなヒロインの苦悩

明石《あかし》の君《きみ》は、光源氏が明石（兵庫県）で出会った女性です。当時、都の出身か地方の出身かで境遇や扱いには大きな差がありました。明石の君は父である明石の入道から都の大貴族の姫君にも劣らない教育を受けましたが、身分の低さや田舎育ちという引け目から、いつも謙虚にふるまいます。

気高さもあり、生真面目かつ我慢強い性格の女性で、白い花を咲かせる花橘にたとえられることもあり、ヒロインの中で一番の幸せをつかんだ人とも言われるのですが、果たしてどのような人生を歩んだのでしょうか。

【今回のおもな登場人物】

・明石《あかし》の君《きみ》：この回の主人公。

・光源氏《ひかるげんじ》：謹慎中に明石の君と出会う。
・明石《あかし》の入道《にゅうどう》：明石の君の父親。
・明石《あかし》の尼君《あまぎみ》：明石の君の母親。
・明石《あかし》の姫君《ひめぎみ》：明石の君の娘。紫の上の養女となる。
・紫《むらさき》の上《うえ》：明石の姫君を育てる女性。

名誉より富を選んだ父

明石の君の父である明石の入道は、都の大臣の息子として生まれました。しかし、都での出世がかなわないと分かると、地方長官に身を落として明石に住みついたのです。受領《ずりょう》（地方長官）になれば、身分は低くなっても財産を築くことができますから、名誉よりも富をとったのです。築いた富は、娘の教育費に注ぎ込み、明石の君はおかげで、和歌や音楽などの高い教養を身につけました。

光源氏との身分差

明石の君が十七、十八歳の頃、光源氏が都で大問題を引き起こし、須磨（兵庫県）に来て謹慎の身になりました。明石の入道は、光源氏が須磨へ来たのは娘と結ばれる因縁があるということだと考えて、彼を明石の地に迎えます。

このころ明石の君は、父と離れて岡辺（岡のふもと）に住んでいました。彼女は光源氏を見て、「世の中にはこんなすばらしい人もいるのか」と感動します。ただ、両親は私と彼を結び付けたいと考えているけれども、まるで釣り合わない縁談だと感じ、何か悲しい気持ちになるのでした。

その後、明石の入道から娘のことを聞いた光源氏は、明石の君に手紙を送ります。ちょうど岡辺の家に来ていた父は大喜びです。ところが、明石の君はあらためて身分の違いを思い知り、返事を書くのもひるんでしまいました。父である入道が代わって返事を書きます。

面白くない光源氏は「代筆の手紙などもらったことがありません」としたためます。次の歌が添えられていました。

いぶせくも心にものをなやむかな　やよやいかにと問う人もなみ

（胸が苦しくなるほど悩んでいます。まあ、どうしたのですか？と問うてくれる人もいないので）

自分の身の上がひどくふがいないと思え、涙があふれてくる明石の君でしたが、父から急かされて返事をします。

思うらん心のほどややよいかに　まだ見ぬ人の聞きかなやまん

（私を思われるあなたの心は、さてどれくらいでしょう。まだ会ったこともない方が、うわさで聞いただけで悩まれるものでしょうか）

光源氏の訪問

さて、入道は光源氏を岡辺の家に招く準備を整えます。光源氏は、自らが訪ねていくような身分の相手ではないと思いながらも、八月の十三夜、初めて明石の君を訪ねました。明石の君はすらりと背が高く気高い女性で、六条御息所に似た感じがあります。光源氏は歌を詠みかけます。

むつごとを語りあわせん人もがな　憂き世の夢もなかば覚むやと

（親しく語り合える相手がほしいのです。つらいこの世の苦しい夢も、半分は覚めるかと思い

まして）

明石の君は、次のように返しました。

明けぬ夜にやがてまどえる心には　いずれを夢とわきて語らん

（明けることのない夜の闇をさまよう私には、どちらを夢と分けてお話ができるでしょうか）

最初は光源氏を拒んでいた明石の君でしたが、いつまでもそうしているわけにもいかず、結果的に結ばれたのでした。このあと、光源氏は人目を忍んで時々彼女を訪ねるようになったのです。

都と明石、離ればなれの二人

翌年、光源氏には都へ戻るよう命令が下ります。光源氏は、妻である紫の上へのうしろめたさから明石の君のもとへ通うのをやめていた時期もありましたが、この頃には一夜も欠かさず訪ねるようになっていました。

明石の君は夏の終わり頃から懐妊のきざしがあり、彼が都に帰る話を聞いて、当然悲しみに打ちひしがれます。出発を明後日に控えたある日、光源氏が岡辺の家を訪ねてきました。光源氏も別れがたく残念でたまらず、「いつか然るべき扱いで京に迎えよう」と約束します。明石の君は身に余る幸せを覚え、これが最後でもいいのではないかと思うものの、まばゆい光源氏の姿に身の程を思い知らされて、悲しみがこみ上げてきます。

このたびは立ち別るとも藻塩焼く　煙《けぶり》は同じかたになびかん
（今は別れ別れになっても、藻塩を焼く煙が同じ方向に流れるように、いずれはいっしょになりましょう）

光源氏の歌に、明石の君はさめざめと泣きながら、心を込めて返歌するのでした。

かきつめて海士《あま》のたく藻の思いにも　今はかいなきうらみだにせじ
（海士がかき集めて焼く藻塩のように、多くの思いがありますが、私はつまらない身の上ですから、恨み言など申しません）

そして二人で琴を弾き、光源氏からは形見の琴〈きん〉の琴を贈られました。明石の君は思わず口ずさみます。

なおざりに頼め置くめる一ことを　尽きせぬ音《ね》にやかけてしのばん
（いい加減なお約束かもしれませんが、私はその一言にいつまでも泣きながらすがるでしょう）

光源氏はそんな歌を残念に思い、「私たちの仲は変わらずありたい。この琴の緒の音の調子が狂わないうちに必ず逢いましょう」と返事をします。
しかしこの時代、大きな身分の違いがあって離ればなれとなれば、そのまま捨てられてしまうことが多かったのです。

年経つる苫屋《とまや》も荒れて憂き波の　帰るかたにや身をたぐえまし
（あなたがたたれた後では、長年住み慣れたこの粗末な家も荒れて寂しくなります。あなたの帰る海に身を投げてしまいたいです）

光源氏が都に向けて旅立つ朝、明石の君はこの歌を詠み、涙ながらに別れたのでした。

明石の君の出産

光源氏が都に戻った翌年、明石の君は女の子を出産しました。報告を聞いた光源氏の喜びようは大変なものでした。光源氏はこの姫君のために優れた乳母《めのと》を選び抜き、たくさんの品々もそろえて届けます。明石の君は、彼が都へ帰ってからずっともの思いに沈み、生きていく気力も失っていたのですが、心慰められる思いでした。

姫君の五十日〈いか〉の祝いには光源氏の使者が訪ねてきて、普通では考えられない素晴らしい贈り物、また生活に必要な品々が届けられたのです。手紙には、「思い切って京に来なさい」という言葉もありました。

その年の秋、明石の君が住吉に行くと、偶然にも光源氏の一行が来ていました。明石の君は盛大な光源氏一行の賑わいを目の当たりにし、自分の身分の低さを改めて知らされ、涙を流さずにいられません。明石の一行が賑やかさに気圧されて去ったことを知った光源氏から、「ここで巡り合ったのも過去からの深いご縁があったからですね」という内容の歌が届きます。

明石の君が返したのはこのような歌でした。

数ならでなにわのこともかいなきに　などみをつくし思いそめけん

（人の数に入らない、何につけても甲斐のない私が、なぜ身を尽くしてあなたを思うことになってしまったのでしょう）

上京するか、田舎に留まるか…　悩む明石の君

それから二年が経ちました。光源氏は二条院の東院を造営し、関わりのある女性たちを住まわせることにします。もちろん明石の君の住まいも決めていました。彼女には光源氏からの「京に来るように」という手紙がたえず来るのですが、自分の身分を考えて思い悩んでいます。姫君を田舎に埋もれさせるのも可哀想で、光源氏の申し出を断ることもできません。

光源氏の要請と明石の君の気持ちを考えた父、入道は、都に近い大堰《おおい》の山荘を改築しました。明石の君は、母である明石の尼君や娘・明石の姫君とそこへ移住することを決意します。

ただ、入道は一人明石に残ることに残ることになります。娘の上京は望んでいたこととはいえ、離れて暮らすのだと思うとつらくてたまらず、入道は「姫君とはもう会えないのか」とば

かり言わずにいられません。

出発の明け方、明石の君は入道に歌を詠みました。

いきてまたあい見んことをいつとてか　限りも知らぬ世をば頼まん

(生きて再びお父様にいつ会えるかと思って、命の限りもわからない世をあてにするのでしょう)

光源氏との再会

大堰《おおい》に到着したあと、しばらくして光源氏が訪ねてきます。再会のために身なりを整えた彼の姿は、端麗でまばゆいほど美しく、明石の君の暗い心も晴れていくようでした。光源氏は初めて姫君と対面し、感無量です。にっこり笑う姫の、あどけなく愛らしい、つややかな顔を、なんと可愛らしいのだろうと思います。

久しぶりに再会し、明石の君は光源氏と歌を交わします。

かわらじと契りしことを頼みにて　松の響きに音《ね》を添えしかな

(心変わりはしないというお約束の言葉と琴を頼りにして、松風の響きに琴の音を合わせて泣

いておりました）

彼女は以前よりずっと女性らしく成熟し、顔立ちや物腰も美しくなっていました。光源氏は見捨てていけない気持ちで、娘が日陰の身として育つのも可哀想だと思います。二条院に連れてきて育てれば問題はないのですが、娘と引き離される明石の君の心情を考えると可哀想で、光源氏は言い出すことができませんでした。

このあと、明石の君は光源氏の来訪を月に二度ほど受けるようになります。彼女は私ごときがこれ以上は望むまいとあきらめてはいますが、やはりもの思いに沈まずにはいられません。

一方、光源氏は紫の上に明石の姫君を育ててくれないか、と相談を持ちかけます。姫が紫の上を母として育つなら申し分ありません。紫の上は幼い子どもがたまらなく好きだったので、引き取って大事に育てたいと思うのでした。

明石の君の決意

冬になり、再度光源氏から「思いきってこちらに移りなさい」と勧められます。返事のできない明石の君に、光源氏は「それならば、姫君だけでも」と真面目に相談を持ちかけました。

娘の人生を考えれば、お任せすることになるのだろう。ならば物心つく前にお譲りした方がいいかもしれない。でも手放したら手放したで、どんなに心配だろう。私自身、生き甲斐を奪われどうやって生きていけばいいのか。光源氏様も姫がいないところに立ち寄ってくださるだろうか…。

明石の君はあれこれ思い悩み、身の上を情けなく思うばかりです。尼君は、姫君の幸せを考えるべき、と明石の君を諭します。父が同じでも母の身分によって人生は大きく変わるのだから、紫の上の養女として育ててもらったほうがいいのは明らかであることを言い聞かせました。明石の君はついに娘を手放すことを決意します。

娘との別れの日

雪が少し溶けた頃、光源氏が人堰にやってきました。胸がふさがるようですが、誰のせいでもない、自分のせいだと悔やみます。自分の意思で決めたのですから。光源氏は、娘を遠くから案ずるしかなくなる母親の苦悩を察すると胸が痛み、繰り返し「安心してもらいたい」と言い続けて夜を明かすのでした。明石の君は「立派に姫君を育ててくださるのならば」と言うものの、こらえきれずに忍び泣きます。

出発の時、姫君は無邪気に車に乗ろうと急いでいます。片言ながら、かわいらしい声で「乗りましょう」と母の袖を握り、引っ張るのです。明石の君は、身を切られる思いで歌を詠みました。

末遠き二葉の松に引き別れ　いつか木《こ》高きかげを見るべき

（行く先の遠い二葉の松…姫君と今別れて、いつの日に成長した姿を見ることができるでしょう）

最後まで言い切ることができずに泣き出してしまいます。無理もない、と光源氏はなぐさめました。

生《お》いそめし根も深ければ武隈《たけくま》の　松に小松の千代をならべん

（深い縁があって生まれたのだから、いずれは武隈の相生《あいおい》の松のように、やがては私たちでこの姫と末長く暮らすことになるでしょう）

姫君と別れた明石の君は、いつまでも娘が恋しく、手放した自分のふがいなさを嘆いています。明石の君を諭した尼君も涙もろくなりました。
ただ姫君が向こうで大切にされていると噂で聞くと嬉しく思うのでした。

春の町にいる娘への贈り物

明石の君が大堰に来て四年が経った頃、光源氏が六条院の大邸宅を完成させます。六条院には春夏秋冬の町があり、彼女は松の木々が多く、雪景色を楽しめる冬の町に入ることになりました。年末には光源氏から女性たちへ衣装が配られ、明石の君は唐《から》めいた趣の白い小袿《こうちぎ》に濃い紫のつややかなものを重ねた衣装を受け取ります。娘の姫君は養母である紫の上とともに春の町にいます。

正月を迎えると、明石の君は手紙を添えて、贈り物の入った籠や食べ物の入った折り箱をいくつも娘に贈りました。見事な五葉の松にうぐいすが移り飛ぶ細工物もあり、思いを託しているようです。手紙には次のように書きました。

年月をまつにひかれて経《ふ》る人に　きょう鶯の初音《はつね》聞かせよ
（子《ね》の日に小松を引くように、長い年月あなたに会える日を待つことで生きながらえている母

に、今日は鶯の初音…今年初めての便りをくださいな）

しばらくして、娘からの便りが届きます。

ひきわかれ年は経《ふ》れども鶯の　巣立ちし松の根を忘れめや
（お別れしてから年月が経ってしまいましたが、どうして鶯が巣立った松の根…お母さまのことを忘れるでしょうか）

めったにない返信を喜び、明石の君は「待っていた声が聞けました」と、こんな歌を書き付けます。

めずらしや花のねぐらに木《こ》づたいて　谷の古巣をとえる鶯
（珍しいこと。花の御殿に住みながら、谷の古巣を訪ねてくれた鶯よ）

日暮れ頃、光源氏が訪ねてきました。彼は明石の君のところに泊まりましたが、夜明けには春の町へ帰ります。「そんなに急いで帰らなくても…」と、明石の君は見送った後いっそう寂しさがつのるのでした。

明石の姫君と八年ぶりの再会

何年かの月日が流れ、成長した明石の姫君は東宮に入内することが決まります。それに際し姫君の裳着が行われましたが、世間体もあって明石の君は参加できませんでした。ただ、姫君の入内には母親が付き添うのが慣例です。光源氏は、この機会に実の母である明石の君をお世話役として姫に付き添わせようか、と考えます。紫の上も賛成しました。

裳着の儀に参加できず残念に思っていた明石の君は、嬉しくてたまりません。望みがすっかりかなった気持ちで支度を始めます。姫君が入内する時は紫の上が付き添いましたが、入内後三日を過ごして明石の君と交代しました。

明石の君が宮中に参上した夜、二人は初めて顔を合わせます。紫の上は「ご覧のように姫君は立派に成長しました。私たちに他人行儀の遠慮はいりませんね」と親しげに語りかけ、あれこれ世間話をして打ち解けていきます。明石の君は、自分よりもはるかに身分の高い紫の上の姿に圧倒される思いでした。

その後、明石の君は八年ぶりに明石の姫君と再会しました。とてもかわいらしい雛人形のような娘を夢心地で見つめていると、涙がとめどなく流れます。

明石の君は娘の姫君のお世話だけでなく、周囲の人々にも気配りが行き届いていて、謙虚で、理想的な様子でした。

父・明石の入道が抱いた願い

姫君は、明石の女御《にょうご》と呼ばれるようになります。彼女は入内後に懐妊し、男の子を出産しました。明石にいる父、入道にも孫娘が皇子を産んだという知らせが届き、大喜びです。彼は世間とのつながりを断って山に入ることを決意し、最後の手紙を娘である明石の君に送ります。手紙に書かれていたのは、尼君が懐妊した頃に入道が見た夢のことでした。

めでたいことを予兆する夢と信じた入道は、「誕生する子どもからやがて后や帝が現れる。必ずやそうしたい」と願いを抱いたのです。明石の君は、最高の教育を与えられたのも、強引なまでに光源氏と結びつけようとしたのも、一族が最高の繁栄を得られるようにとの願いからだと理解するのでした。ただ、尼君には「この世でどれだけ幸せになっても、後の世のことは忘れないように。ともに浄土に生まれることさえできたら会えるでしょう」と短い文が添えてありました。尼君も悲嘆に暮れ、明石の君も涙をこらえきれません。

翌朝、明石の君は娘に入道の手紙を渡します。そして、入道の遺言を守ること、また養母、紫の上の深いご恩を忘れてはならないことを説いて聞かせるのでした。

数年後、明石の女御の産んだ皇子が六歳で東宮になります。女御にはその後も次々と子が生まれ、明石の君は陰の世話役として勤しむのでした。

まとめ――明石の君の幸せとは？

光源氏や紫の上などとの大きな身分の違いにコンプレックスを抱いていた明石の君。娘のことで忍耐を強いられる場面も多くありましたが、最後には娘や孫たちの世話ができる日々となりました。帝や后を出すという入道の願いも叶い、一族としての幸せを掴んだところも印象的です。

ただ、光源氏との関係では、ずっと寂しさを抱えていたのではないでしょうか。心はかけてくれていても、彼にとってはあくまで紫の上が一番で、明石の君が望んでいた夫婦関係ではなかったかもしれません。明石の君を見ていると、幸せとは何かを考えさせられます。

第十三回　女三の宮

無邪気な箱入り娘・女三の宮を解説！
光源氏や柏木との関係とは

女三《おんなさん》の宮《みや》は、光源氏の異母兄である朱雀院《すざくいん》の娘で、可愛がられて育ちました。世間知らずで幼い印象のある女性です。どこまでも無邪気で憎めず、周囲の人は放っておけない気持ちになるでしょう。

自分の意見を持たず、言われるがままの人生を送っていた女三の宮でしたが、ある事件をきっかけに少しずつ変化していきます。いったい何があったのか、見ていきましょう。

【今回のおもな登場人物】

・女《おんな》三《さん》の宮《みや》：この回の主人公
・光源氏《ひかるげんじ》：女三の宮の夫
・朱雀院《すざくいん》：女三の宮の父

・紫《むらさき》の上《うえ》：光源氏が一番大事にしている妻
・柏木《かしわぎ》：女三の宮に恋する青年

朱雀院の愛娘・女三の宮

朱雀院は帝を退位したあと、出家に向けて身辺の整理をしていましたが、一番気がかりなのが女三の宮でした。朱雀院は、女三の宮を娘たちの中でも特に溺愛していて、出家の前に彼女の結婚を決めてしまいたいと考えています。

年齢より幼い印象で頼りないため、しっかりと面倒を見てくれる人が必要です。婿候補にはさまざまな人物の名前が挙がりますが、結局光源氏が一番ふさわしいということになります。三十九歳で、まもなく初老を迎える光源氏は非常に驚き、紫の上のこともあって当初は固辞しました。ところが、朱雀院は病気で出家してしまい、承諾せざるをえなくなったのです。ただ、女三の宮は紫の上と同じく藤壺の姪（お母さんと藤壺が姉妹）にあたることから、光源氏の心が動いたのも事実です。

女三の宮の降嫁

女三の宮の降嫁は二月でした。三日間は盛大な祝宴が続き、光源氏は毎晩欠かさず女三の宮のもとへ通いました。

結婚から数日後、光源氏は日中に女三の宮のもとを訪れます。彼女の女房たちは光源氏の素晴らしさに感動しますが、妻である女三の宮はまったく無邪気であり、衣装に埋もれるような華奢な体で頼りなげです。恥ずかしがることもなく、人見知りをしない幼子のような可愛らしい感じでした。光源氏は、兄である朱雀院の育て方に疑問を持ちながらも、彼女を好ましく思います。また、光源氏の言うことに素直に従い、思い浮かんだことをそのまま口にする姿は、とても放っておけない様子でした。

女三の宮の気楽な二つの面

光源氏は女三の宮と接して、その幼さがわかり、紫の上への愛情が増していきます。たしかに他のヒロインと比べて頼りないところのある女三の宮ですが、接していて気楽な面もあるようです。ここでは二つ紹介したいと思います。

①おおらかな性格

女三の宮よりも紫の上を大事にしている光源氏は、初めのころ、彼女のもとを訪れても早々に帰ってしまいます。女三の宮の周りの女房（お世話をする人）たちは、それを不満に思っていました。

ところが、女三の宮はいつもおっとりしていて、光源氏がすぐに帰ってしまっても、特に何も思うことはなかったようです。それどころか、光源氏が自分の元を訪れなくても気にしませんでした。光源氏にすれば気が楽だったでしょう。

②利害打算がない

女三の宮が輿入れしてから何ヶ月かたった夏のこと。光源氏と明石の君の娘である明石の女御が妊娠し、実家の六条院に戻ってきました。

養母の紫の上は、明石の女御に会うついでに女三の宮と対面したいと光源氏に申し出ます。光源氏を通してそれを聞いた女三の宮は、「どんなことを申し上げたらいいのでしょう」と尋ねます。光源氏は対面した時の返事の仕方など、こまごまと教えるのでした。

対面した紫の上は、女三の宮に優しく母親のような態度で接します。自分たちの血筋のつながり（どちらも藤壺の姪）や、絵の話、自分がまだ雛人形を捨てられない話をしました。無邪気な女三の宮は、なんと優しそうな人だろう、とすっかり気を許すのでした。

紫の上にとって女三の宮は、自分が築いてきた光源氏との関係を脅かすライバルです。どんな人か確かめておきたいという気持ちもきっとあったでしょうが、彼女の素直な様子に毒気を抜かれた思いだったのではないでしょうか。このあと二人は仲良く付き合っていくのでした。

柏木登場！　女三の宮への横恋慕

さてここで、女三の宮に想いを寄せる柏木《かしわぎ》という青年が登場します。光源氏のライバル兼親友である頭中将《とうのちゅうじょう》の長男です。実は女三の宮の婿選びの時、柏木も候補の一人に挙がっていて、彼女と結婚することを熱望していたようです。しかし、結果的に女三の宮は光源氏に降嫁することになったのです。

柏木は、女三の宮が光源氏からうわべだけ大切にされていて、妻として紫の上におされ気味だという噂を聞きました。「自分だったらそんなことはしない。もしも光源氏が出家したら自分が…」と考えています。女三の宮の最も身近な女房である小侍従《こじじゅう》に、取り次いでくれないかと詰め寄るのでした。

さらに燃え上がる恋心

三月末のうららかな日、六条院の春の町で若者たちが蹴鞠を楽しんでいました。そこに柏木と、光源氏の息子である夕霧も加わります。柏木の足さばきは比べるもののない美しさで、御簾《みす》の中の女性たちが目を奪われていました。

そこへ猫が二匹、追いかけっこをしながら御簾の端から飛び出てきます。すると、猫の首についている綱が御簾に引っかかってめくれあがり、なんと女三の宮の立ち姿がはっきりと外から見えてしまったのです。彼女はきょとんとしていましたが、夕霧が咳払いすると、奥に引っ込みました。

柏木は女三の宮を一目見た嬉しさにうっとりします。ただ、幼いころから光源氏のすばらしさを知っている彼は、「光源氏を夫としながらほかの男に心が移るわけがない」と傷心のまま帰るのでした。

相手にされない柏木

蹴鞠の夕べ以降、柏木は一目見た女三の宮を忘れられず、募る想いを何とか伝えたいと小侍従をせっつきます。

女三の宮のもとに届いた文には、

よそに見て折らぬ嘆きはしげれども　なごり恋しき花の夕かげ

（遠くから見るばかりで、手折れぬ投げ木は茂り、嘆きは深いけれども、夕明かりで見た花、あなたがいつまでも恋しく思われます）

とあり、彼女は自分が柏木に見られてしまったことを知りました。

光源氏からいつも「男性に見られないように」と注意されていたのに、見られてしまった…と恐ろしく思います。見られたことが恥ずかしいというより、光源氏に知られたらどれほど叱られるだろう、という気持ちでした。柏木への返事は小侍従が、「あなたみたいな人が恋しても叶わない相手ですよ」と代わりに書いて返します。

彼は返信を見てとても落ち込み、女三の宮の邸にいた猫を借り受けて心を慰めます。年配の女房たちは、動物に見向きもしなかった柏木が急に猫を懐に抱いて可愛がったり、撫でまわしたりしているのを不審に思うのでした。

女三の宮の衝撃

それから五年が経ち、紫の上が急な病で倒れてしまいます。光源氏は彼女をかつての住まいである二条院に移して看病にかかりきりで、女房たちも祭りの準備のため、忙しくしています。そんな折、六条院に柏木が忍び込んできたのです。女三の宮の周りに人が少ないときを狙って、小侍従に手引きさせたのでした。

寝ていた女三の宮は男性の気配に光源氏が来たと思いましたが、別人でした。人を呼んでも誰も来ず、わなわなと震えて呆然とします。柏木は、「昔からお慕いしてきました。「あわれ」とだけ言って頂ければ退出しましょう」と想いを訴えてきますが、怖くて返事もできません。柏木が目の当たりにした女三の宮は、気高いというより可憐で、柔らかな様子です。心が乱れた柏木は、ついに想いをとげてしまいました。女三の宮は現実だと思えず、呆然とするばかり。思い乱れる柏木は「一言、お声を」と願いますが、彼女は何も言えません。

柏木は別れゆく悲しみを訴えます。

おきてゆく空も知られぬ明けぐれに　いずくの露のかかる袖なり

（起きて行く、その先もわからない夜明けの薄暗がりに、どこの露がこうも袖を濡らすのでしょう）

帰ろうとする様子にほっとした女三の宮は、

明けぐれの空に憂《う》き身は消えななん　夢なりけりと見てもやむべく

（夜明けの薄暗い空に、つらい我が身は消えてしまいたい。これは夢だと思って済ませてしまえるように）

と、弱々しくつぶやきました。このあと、女三の宮は気後れし、明るい所に出てくることさえしません。光源氏が来ても目を合わすことができず、申し訳ない気持ちで涙がこみ上げてくるのでした。

光源氏に秘密が露見

しばらくたち、光源氏は女三の宮の具合がよくないと聞いて、六条院に行きました。そこで女三の宮が懐妊している、と聞かされます。不審に思う光源氏は、翌朝、柏木から女三の宮への手紙を見つけてしまったのです。光源氏は二人に失望と怒りを抱くと同時に、かつて自らが引き起こした藤壺との過ちを思い起こすのでした。

それからというもの、光源氏は女三の宮と二人きりになると冷たく接してくるようになりました。女三の宮へ遠回しに、柏木と密通した思慮のなさを非難し、「年を取った私に飽きているのだろうね」と皮肉を言ったりします。女三の宮はつらく、どうしたらよいか分からずに困ってしまいました。

柏木からの最後の手紙

光源氏に密通が知られてしまったと聞き、柏木は病に倒れてしまいます。光源氏はそんな柏木を、朱雀院の五十の賀（五十歳のお祝い）のリハーサルに強引に招待しました。息子である夕霧の親友で、幼いころから目をかけていた柏木に裏切られた気持ちで、じっと彼を見つめます。光源氏は柏木のしたことが許せず、酒を無理強いします。柏木は宴の途中で退席し、そのまま重病に倒れたのでした。家族の看病もむなしく衰弱するばかりとなります。

病床の柏木から女三の宮へ便りが届きます。

今はとて燃えん煙《けぶり》もむすぼおれ　絶えぬ思いのなおや残らん

（今はこれまでと私をほうむる炎も燃えくすぶって、いつまでもあきらめられない恋の火だけがこの世に残ることでしょう）

そして「あわれとだけでも言ってください」と添えてあります。一途に女三の宮を恋い慕う自分に感動してもらいたい、かわいそうだとも思ってもらいたい、という気持ちなのでしょう。返事をする気になれない女三の宮でしたが、小侍従にせきたてられて、しぶしぶ書きました。

立ち添いて消えやしなまし憂《う》きことを　思い乱るる煙《けぶり》くらべに

（私も一緒に煙になって消えてしまいたい。辛さを嘆く思い、思いの火に乱れる煙は、あなたとどちらが激しいか比べるためにも）

柏木は、この言葉だけが自分にとってこの世の思い出だともったいなく思いました。彼はこのあとしばらくして亡くなります。

箱入り娘・女三の宮　二つの変化

この事件をきっかけとして、女三の宮の行動に少し変化が現れます。二つの点を見てみましょう。

①初めて自分の意思をもつ

女三の宮は男の子を出産しますが、光源氏は相変わらずの様子です。人前ではうまく取り繕っていますが、赤ん坊を世話するそぶりはなく、老女房たちには「なんて冷たいのかしら」とうわさされます。彼女は産後の弱った体で何も口にせず何日も過ごし、父をいつも以上に恋しがって泣いていました。

伝え聞いた朱雀院は事前に連絡せず、娘の元を訪ねてきました。女三の宮は「生きていけそうにありません。尼にしてください」と懇願します。これまで周りの人に言われるがまま生きてきた彼女が、初めて自分の意思をもち、口にしたのです。以前の彼女からは考えられないことでした。朱雀院は、いったんは諭しますが、やがて出家させることを決心します。光源氏は夜通し思いとどまるよう説得しましたが、朱雀院は位の高い僧を呼んで女三の宮の髪を削がせるのでした。

②光源氏との関係の変化

出家のあと、女三の宮は光源氏と心理的にも距離を置くようになったようです。彼がそばに座ると、背を向けたり、光源氏をまともに見ようとしなくなりました。一方、彼女にさんざん冷たく接してきた光源氏は、今頃になって未練が残り、思いを訴えるようになります。

出家の翌々年の夏、女三の宮のために六条院で盛大な法要が開催されたとき、光源氏は次の歌を送りました。

はちす葉をおなじ台《うてな》と契りおきて　露のわかるるきょうぞ悲しき

（来世には同じ蓮のうてなの上に生まれようと約束しながら、この世では露がこぼれるように分かれて暮らすのが悲しいことだ）

しかし、女三の宮からの返歌は

隔てなくはちすの宿を契りても　君が心やすまじとすらん

（来世は同じ蓮のうてな、とお約束しても、あなたの心はすむことはなく、私と住もうとはしな

いでしょう）

と、やはりそっけないものでした。

光源氏からすれば冷たく感じたでしょうが、女三の宮は、柏木との一件以降、変わってしまった光源氏を避けたいがために出家したのです。何でも素直に受け入れていた彼女が、嫌なことへの向き合い方を覚えたという意味では、これも一つの成長、自立の第一歩と言えるのかもしれません。

息子・薫を支えに生きる

それから十年近くの月日が流れました。光源氏はすでに亡くなり、女三の宮が生んだ薫《かおる》は立派に成長し、貴公子として評判を集めています。薫は誰からも非常に大切にされ、十四歳で元服したあと、めざましい昇進ぶりです。彼自身は自分は本当に光源氏の子なのかと疑問を抱き悩んでいましたが、もちろん母には尋ねられません。「母はまだ若く、仏道を求めたい気持ちがそれほど深くはないのに尼となっている。不本意な過ちがもとで、世の中が嫌になったのではないか。世間の人はたとえ知っていても、私に事情を話すことはできまい」

女三の宮は、一人息子の薫がこんな悩みに苦しんでいるとはまったく知りません。勤行以外には特にすることもなく、のんびりと過ごしています。やがて薫は、自分の父親が誰なのかをハッキリと知るのです。さらに悩む薫が女三の宮の元へ行くと、なんの屈託もなく、読んでいたお経を決まり悪そうに隠します。この無邪気な母に、秘密を知ったなどとは、とても言えません。薫は自身の悩みをしまいこみ、母をいたわって大切に世話します。女三の宮は、そんな薫を支えに生きていくのでした。

まとめ――女三の宮の成長

女三の宮はどこまでも純粋で、無邪気な心を持つキャラクターです。母となっても変わらない少女のようなその姿は、見る人をほほえましく思わせるのではないでしょうか。それだけに柏木とのことがなければ、彼女は何不自由なく暮らし、自分の意志をもつこともなかったかもしれません。

人生とは何があるかわからないものです。つらい出来事も、自分の人生に向き合い、成長する大きなきっかけになることを教えてくれるヒロインでした。

第十四回　玉鬘

玉鬘は誰と結ばれる？　モテモテだったヒロインの意外な結末

『源氏物語』の中で一番モテモテだったヒロイン、玉鬘《たまかずら》について紹介します。彼女の父は光源氏のライバルである頭中将《とうのちゅうじょう》で、母は夕顔です。しかし、玉鬘は父とも母とも離れ、乳母の手で育てられることになりました。都から九州そしてまた都へと、それぞれの地でさすらいを余儀なくされた姫君です。

『源氏物語』全五十四帖の中でも、彼女が中心となる巻は「玉鬘十帖」と呼ばれ、親しまれています。そんな玉鬘は一体どんな人生を歩んだのでしょうか？

【今回のおもな登場人物】

・玉鬘《たまかずら》：この回の主人公
・光源氏《ひかるげんじ》：玉鬘の養父となる人。

・頭中将《とうのちゅうじょう》：玉鬘の実の父。のちの内大臣。
・夕顔《ゆうがお》：玉鬘の亡くなった母。
・蛍兵部卿宮《ほたるひょうぶきょうのみや》：光源氏の弟で、玉鬘に恋する男性。
・髭黒《ひげくろ》：玉鬘に求婚する男性の一人。

母と別れ、九州で育つ

玉鬘ははじめ母である夕顔と暮らしていましたが、事情があって乳母に預けられ、母とは別れて暮らすことになりました。実は玉鬘が三歳のときに夕顔は急死してしまうのですが、離れて暮らしていた玉鬘はそのことを知る由もありません。乳母も夕顔の死を知らないままでした。玉鬘は乳母に預けられたまま、四歳のときに乳母の夫の赴任先である筑紫（九州北部）へ行くことになります。旅の途中、「お母さまのところに行くの？」と言って周囲の涙を誘いました。実の父である頭中将に姫を託す道もありましたが、正妻や腹違いのきょうだいたちにいじめられたらと思うと心配で、とても預けられなかったのです。

都への逃避行

玉鬘が十歳くらいのとき、乳母の夫が「この姫の帰京を最優先するように…」と言って亡くなりました。この頃、すでに玉鬘には気高い美しさがあり、やがて母である夕顔以上に輝く姫に育ちます。姫を恋慕う人は後をたちませんでしたが、乳母は「身体が不自由なので…」と言って、求愛を退け続けていました。

そんな玉鬘が二十歳を迎えた頃、乳母の一家は肥前（現在の佐賀、長崎あたり）に移り住みます。すると、肥後の国（熊本県）の豪族である大夫監《たいふのげん》という熱烈な求婚者が現れたのです。自ら乗り込んできた大夫監は、乳母の息子たち三人に働きかけ、二人を味方にしてしまいます。長男だけは父の遺志を守り、姫の帰京を願っていました。

ある春の夕暮れ、玉鬘の住む邸を訪れた大夫監は、「たとえどんな事情があっても、姫君をお后のように大切にする所存」などと言い張り、あまりにも強引でした。堂々とした体格で、荒っぽい田舎者の振る舞いに、乳母は困惑し恐れおののきます。大夫監は求愛の歌を何とかひねり出し得意になり、結婚の日取りまで決めてしまいました。恐怖に駆られた乳母は、長男をせきたて、夜にこっそりと玉鬘を連れて家を出ます。そして都へと船路を急いだのです。乳母の長男や娘も伴侶や子どもを置いて、乳母や玉鬘とともに逃避行の旅に加わりました。

行く先も見えぬ波路に船出して　風にまかする身こそ浮きたれ
（行く先も見えない波路に船を出して、風にまかせるしかない身の頼りないこと）

と、玉鬘も心細さを募らせます。海賊の出現や、もっと恐ろしい大夫監の追っ手におびえての旅でしたが、航海の難所も無事に過ぎ、一行はついに都にたどり着きました。その後、一行は九条あたりにある知り合いの家に落ち着くことになったのです。

右近との再会

乳母は玉鬘を父に引き合わせる方法もなく、彼女の将来を思って途方に暮れました。玉鬘は「せめて母に会いたい…」と思い、長男の勧めもあり、長谷寺参りに出かけます。その道中に泊まった宿で同じ部屋の相客になったのが、夕顔の側にいた女房である右近でした。どちらも思いがけない再会を喜びます。
玉鬘は田舎で育ったとは思えない様子で、右近からの歌にも申し分のない歌を返しました。

初瀬川はやくのことは知らねども　今日の逢う瀬に身さえ流れぬ

（初瀬川の早瀬のような、早くに過ぎた昔のことは知りませんが、今日お目にかかることができて、嬉し涙声にこの身までも流されてしまいそうです）

夕顔の死を知った乳母は、実父への取り次ぎを右近に願いますが、右近は「玉鬘を光源氏のもとに…」と語ります。夕顔の遺児を気にかけている光源氏がこの才色兼備の姫君には満足するに違いない、と思ったからです。

玉鬘は光源氏の養女に

話を聞いた光源氏は、実父にはしばらく知らせず、玉鬘を養女として引き取ることを決意します。子だくさんの実父の邸に引き取られるより、六条院で妙齢の姫として大切にされるのが幸せだろう、というわけです。

玉鬘の元に光源氏から手紙が送られてきます。「あなたに心当たりがなくても、どなたかに尋ねて、いつか私と縁がつながっていることが分かるでしょう」と。玉鬘は、実父の手紙ならどれだけ嬉しいことか、と思います。「人の数にも入らぬ私は、どういう縁があって、この憂き世に生まれてきたのでしょう」と返しました。光源氏は自らの歌に対して見事にやわらかく切り返す才気に満足します。

光源氏は妻である紫の上に夕顔とのいきさつを打ち明け、六条院の「夏の町」に引き取って花散里に世話を頼みました。さっそく訪ねてきた光源氏は、彼女の容姿の好ましさを喜び、「長い間、あなたをどんなに案じてきたことか」などと語ります。その年の暮れ、光源氏はゆかりの女性たちに新年の衣装を配りますが、玉鬘には赤の袿《うちぎ》と山吹襲《やまぶきがさね》の細長が送られました。

都でもモテモテ！　玉鬘に魅了された男たち

九州から都へ移り、光源氏に引き取られた玉鬘。「玉鬘が光源氏のもとでとても大切に育てられている」といううわさを聞いて、彼女に心を寄せる貴公子が多くいました。

彼女の美しさに心奪われた男性を何人か紹介しましょう。

一、蛍兵部卿宮《ほたるひょうぶきょうのみや》

玉鬘に心を寄せる人たちの中で、光源氏の異母弟である蛍兵部卿宮（通称：蛍の宮）は特に真剣でした。彼は重ねて恋文を送ってきます。

玉鬘に心惹かれながらも、養父として手を出すことができない光源氏は、蛍兵部卿宮をからかうことでその不満を解消しようと考えました。光源氏は玉鬘の女房に「蛍の宮様をお待ちします」という内容の返事を代筆させたのです。待ち構えている光源氏が一人胸をときめかせているとはつゆ知らず、蛍の宮は夕闇が過ぎた頃大喜びで玉鬘を訪ねてきました。

几帳だけを間にはさみ、玉鬘のそば近くに案内されます。光源氏の手配もあり、部屋いっぱいには深く香りが立ち込めていました。蛍の宮は想像以上に素敵な姫君に違いない、と心をときめかせます。

一方の玉鬘は、蛍の宮の長々とした話に返事をためらっていました。と、その時です。光源氏が近寄ってきて、隠していた蛍を玉鬘の前に放ったのです。いきなり明るく光に照らされて、玉鬘はとっさに扇で顔を隠します。しかしほんの一瞬といっても、蛍の光に浮かぶ美しい玉鬘の姿を見た蛍の宮は呆然としてしまうのでした。彼は玉鬘にすっかり心を奪われてしまいます。

鳴く声も聞こえぬ虫の思いだに　人の消《け》つには消ゆるものかは

(鳴く声も聞こえない蛍の思いでさえ、人が消そうとして消せるものではありません。まして私の恋心の火はどうして消せましょうか)

と、歌を送りました。しかし玉鬘は冷たく、

声はせで身をのみこがす蛍こそ　言うよりまさる思いなるらめ
（声は出さずにただ身を焦がす蛍の方が、声に出して言われるあなたより、深い思いを抱いているのでしょう）

と、返事をして、奥に引っ込んでしまいました。蛍の宮は涙と雨に濡れながら、まだ暗い中を帰っていったのでした。

二、光源氏

玉鬘を引き取ってしばらくたったある日の夕方、光源氏は玉鬘に恋心を告白してしまいます。一雨降った後の若葉の風情に、亡き夕顔のような柔らかな雰囲気の姿を見て、抑えきれなくなったのでした。「橘の香りをかぐにつけても、あなたの母君と別人とはとても思えないことだ」と手をとったのです。

玉鬘は初めて男性にそのようなことをされ、わけがわからず不安な心で、次の歌を詠みました。

袖の香をよそうるからに橘の　みさえはかなくなりもこそすれ

（袖の香につけても、私の母が偲ばれるということは、橘の実…私の身も、母のようにはかなく消えるのかもしれません）

玉鬘は思いがけない事態に震え、たいへん嫌な気持ちでした。

それからまたしばらくたったある日、光源氏は琴を枕に玉鬘に寄り臥して、夜更けまでぐずぐずしていました。消えかかった篝火を明るく焚かせ、玉鬘に目をやるとたいそう美しいのです。立ち去り難い光源氏は歌を詠みかけます。

篝火にたちそう恋の煙《けぶり》こそ　世には絶えせぬ炎なりけり

（篝火とともに立ち上る煙こそ、いつまでも消えない私の恋の炎です）

そして、「いつまで待てというのか。人目を忍ぶ苦しい思いなのだ」と続けます。玉鬘は奇妙な二人の関係だと思いながら、

行方なき空に消ちてよ篝火の　たよりにたぐう煙《けぶり》とならば
（その恋は果てしない空に消してしまってください。篝火とともに立ち上る煙と言うならば）

と返し、「人が不審に思うことでしょう」と重ねました。

三、夕霧

野分《のわき》（台風）が吹き荒れた時があります。玉鬘は一晩中、恐ろしい思いをしながら過ごし、翌朝いつもより寝過ごしてしまいました。起きて身繕いをしていると、光源氏が部屋に入ってきます。座っている玉鬘に日の光が明るく差し込み、目の覚めるような美しさです。

光源氏は野分の見舞いにかこつけて、いつものように恋心をほのめかしてきます。いつもは見ている人がいないのですが、この時、光源氏の息子である夕霧がそっと覗いていたのです。光源氏が玉鬘に戯れ、彼女も困った様子ながら、素直に光源氏に寄りかかっている。二人が実の父と娘だと思っている夕霧は、離れて生活していたからといって、こんなことがあるのか、と驚愕し嫌な気持ちになりました。それでも夕霧は、彼女を八重山吹が咲き乱れ、露がかかって夕日に映えているようだと素敵に感じるのでした。このあと夕霧は、姉ではないと知り、恋心を訴えますが、玉鬘は取り合いませんでした。

注目の的の玉鬘

このようにモテモテの玉鬘をどうしたらよいのか、光源氏は悩みます。このままでは自身の恋心を抑えきれそうにありません。妻の一人にしてしまっても、紫の上のように扱えないことははっきりしています。そんな気の毒な状況にもしたくありませんでした。そのため宮中に尚侍（ないしのかみ：女官の最高位）として出仕させることを考えます。

裳着を行い、玉鬘と実父である内大臣（頭中将）との対面も済ませました。

玉鬘は、尚侍として出仕することを勧められますが、思い悩んでいました。尚侍は女官であり、妃ではないのですが、帝の側に仕えて取り次ぎなどをするので、寵愛を受けることもあります。このときの帝、冷泉帝《れいぜいてい》の後宮には、光源氏の養女の秋好中宮や姉妹にあたる女御がいるのです。寵愛を競い合うことになったりしないか、と不安でした。

結局、玉鬘は出仕することが決まりますが、彼女を想う男たちはますます切実な気持ちになります。蛍の宮からもしきりに手紙が送られてきますし、髭黒《ひげくろ》という男も玉鬘を妻にしたいと望んでおり、玉鬘のきょうだいである柏木を介して求婚しました。みんな、出仕の前になんとか玉鬘と結婚したい、という思惑です。

玉鬘は次々届く手紙の中で蛍兵部卿宮の「帝の元でも私を忘れないでください」という手紙には歌を返しました。

心もて光にむかうあおいだに　朝おく霜をおのれやは消つ

（自分から日の光に向かう葵でさえも、朝に置く霜を自ら消すでしょうか。まして自分から望んだわけではなく出仕する私があなたを忘れたりはしません）

玉鬘の思いがけない結末

蛍の宮と結ばれるかと思われた玉鬘ですが、結果的に結ばれたのは、なんと髭黒でした。玉鬘の意思を無視した強引な結婚で、彼女は大きなショックを受けます。鬚黒は手引きした女房などにも感謝し、もう嬉しくて嬉しくてたまりません。光源氏は残念でしたが、鬚黒を婿とする儀式をきちんと行います。この結婚を聞いて、冷泉帝も残念がり、ほかの求婚者たちも落胆しました。鬚黒だけが有頂天になって浮かれています。

玉鬘はもともと自分から誰にでも話しかけていく明るい性格なのに、すっかり塞ぎ込んでしまいました。鬚黒がいない昼間に光源氏が訪ねてきて話しかけられると、彼女は身の置き所がなく涙が流れてしまいます。涙の川の流れに浮かぶ泡となって消えてしまいたい、という思いでした。

玉鬘の機嫌をとりたい髭黒は、彼女を尚侍として宮中に参内させます。尚侍はいわゆる女性官僚のトップです。玉鬘は結婚してからも仕事を持って生きていきました。また、玉鬘は、髭黒の正妻である北の方が産んだ男の子たちを育てることになりますが、子どもたちはとてもよくなつきます。

その年の暮れに、玉鬘自身も子どもを出産しました。やがて玉鬘は男の子三人、女の子二人の母親になります。夫の髭黒を早くに亡くし、子どもたちのことで苦労もありましたが、よき母親として家庭を築いていくのでした。

まとめ――どんな場所でも輝く女性・玉鬘

両親と生き別れ、都から九州、そしてまた都へと場所を転々としてきた玉鬘。人間関係も次々と変化する中、明るく親しみやすい彼女は常に自分の置かれたところで精一杯生きていました。

彼女は幼いころから、普通ではありえないような経験をたくさんしています。モテモテだったのも、他のヒロインには見られないことでした。異性から人気があるのは一つのステータスと言えますが、玉鬘にとっては災難でしかなかったのかもしれません。結果的には、一番ありえないと思っていた人と結婚することになった玉鬘。しかし、よき母親となり、よい家庭を築けたのは、どんな場所でもベストな対応をして輝ける、彼女の特性あればこそではないでしょうか。

第十五回　秋好中宮

六条御息所の一人娘・秋好中宮とは？
母とは真逆の人生を生きた安定の人

六条御息所《ろくじょうのみやすんどころ》の一人娘、秋好中宮《あきこのむちゅうぐう》を紹介します。「秋好」と呼ばれるのは、彼女が秋を好むと言ったことに由来しています。「秋好中宮」は、彼女が中宮という立場になった頃からの呼び名ですが、ここでは便宜上、最初から「秋好」と呼びたいと思います。

彼女の母である六条御息所は、非常に才色兼備で感受性が豊かな苦悩の多い人でした。一方彼女は、最も安定した性格で、成長してからは最も落ち着いて恵まれた人生を歩んだ人でした。

【今回のおもな登場人物】

・秋好中宮《あきこのむちゅうぐう》：今回の主人公
・光源氏《ひかるげんじ》：養父として秋好中宮の世話をする。
・六条御息所《ろくじょうのみやすんどころ》：秋好の母。

・冷泉帝《れいぜいてい》：秋好の夫となる人。
・紫《むらさき》の上《うえ》：光源氏の妻。

六条御息所の娘・秋好

秋好の父は東宮（皇太子）でしたが、彼女が三歳の時に亡くなりました。その後は、母の実家である六条の邸《やしき》で育ちます。やがて母である六条御息所は光源氏の愛人となりますが、思うような関係になれず、嫉妬の感情などで苦しみます。秋好はそんな母のそばで成長しました。

彼女が十二歳の時、斎宮に選ばれました。二年後、つれない恋人の光源氏と距離を置こうと考えた母とともに伊勢（三重県）へ向かうこととなります。出発の日には、秋好を見送りにきた車が多かったようです。みんな、彼女の奥ゆかしく上品な人柄を慕っていました。

宮中では朱雀帝から餞別に櫛をもらいます。朱雀帝は秋好のあまりの美しさ、可愛さに一目惚れしたのでしょう、別れに際して悲しみの涙を流すのでした。

娘のことを光源氏にたくす

六年が経ち、役目を終えた秋好は、母とともに伊勢から都に帰ってきました。その後、母、六条御息所は病に倒れます。六条御息所は、今までの行いを振り返って恐ろしくなり、出家してしまいます。見舞いに来た光源氏に、自分が亡き後、娘のことをよろしく、と懇ろに頼みます。ひとりぼっちになる娘、あてになる親戚さえいないのです。たまらなく心配だったことでしょう。

しかも、光源氏にはしっかり釘を刺します。「愛人扱いは絶対にしないで、お世話してくださいね」と。光源氏はドキッとしながら約束しました。

光源氏がものの隙間からちらりと見た秋好は、愛らしく小柄な女性でした。

天涯孤独になった秋好

それから一週間ほどで六条御息所は亡くなりました。秋好は分別も無くなるくらい悲しみに沈みます。母一人子一人、いつも傍で暮らしてきた二人だったのです。伊勢に行く時も、母が付きそうのは異例のことでしたが、一緒に行ってほしいと秋好から頼んだくらいでした。

雪やみぞれが空を覆う日、光源氏から見舞いの手紙が来ます。彼女は返事しづらい気持ちでしたが、女房たちに急かされて次の歌を返しました。

消えがてにふるぞ悲しきかきくらし　わが身それとも思おえぬ世に
〈消えそうもなく〈死にもせずに〉日々を送っているのが悲しいことでございます。涙にくれて、わが身がわが身とも分からない世の中に〉

光源氏は何につけても丁寧にお世話し、六条京極の邸に出かけることもありましたが、秋好は警戒心からか、周囲の女房たちが困るほど、光源氏と距離を取るのです。あまりにも恥ずかしがり屋で内気な様子に見えます。光源氏は「よそよそしくせず、お付き合いください」と言わずにいられませんでした。

冷泉帝へ入内

六条御息所の遺言をふまえ、光源氏は秋好を自分の養女として冷泉帝と結婚させるのがよいと考えました。冷泉帝の母である藤壺にも相談します。秋好の方が九歳年上というところは気になりますが、冷泉帝をしっかりお世話できる女御がいたほうがよいだろうという話になりました。その後、秋好は冷泉帝に入内することになります。

冷泉帝は、年の離れた新しい妃が来るということで緊張していました。しかし実際の彼女は、小柄でかよわく、たいそう恥じらっておっとりしていて、冷泉帝は、ほっとしました。

また、絵を見るのも描くのも好きな帝は、同じく絵に堪能な彼女に惹かれていきます。焦ったのは光源氏とライバル関係にある権中納言（頭中将）です。彼は、帝と同じ年頃の自分の娘をぜひ冷泉帝の中宮にしたいと考えていました。帝と結婚した女御たちの中で、中宮に選ばれるのはたった一人。実際には権中納言の娘と、秋好でその座を競うことになったのです。

中宮の座をめぐって「絵合」

権中納言は、当代指折りの画家たちに豪華な絵を描かせます。光源氏も負けじと、秘蔵の絵を取り出して帝に差し出します。とうとう冷泉帝の母である藤壺の前で「絵合《えあわせ》」が行われました。「絵合」とは、素晴らしい絵をプレゼンしあうもので、絵物語なら絵と物語のすばらしさを総合して判定するものです。

両者はそれぞれ、とっておきの絵を出しますが、決着はつきません。再度、帝の前で絵合が行われます。勝負は夜まで続き、最後に光源氏が自ら描いた須磨の絵日記を出して、秋好側が勝利したのです。

やがて秋好は、他の女御たちを超えて中宮となりました。母である六条御息所とはまったく違う、幸せな様子に人々は驚きました。

母・六条御息所と異なる三つの特徴

父も母も早くに亡くし、天涯孤独の身だった秋好中宮ですが、光源氏の養女となったことで順調な人生を歩んでいきます。彼女が母と違う点はいくつかあるのですが、ここでは三点紹介しましょう。

①いつも落ち着いている

六条御息所は、嫉妬深く、感情的だったことで知られています。一方の秋好中宮は感情をあまり表に出さず、いつも落ち着いていていました。冷泉帝に入内した後、ライバル関係にある権中納言の娘と帝が仲良くしていても、嫉妬する様子はありません。

また、秋好に好意を寄せる朱雀院（朱雀帝）に対しても、端然としたところがありました。秋好が冷泉帝と結婚することが決まったとき、朱雀院は非常に残念な思いで、お祝いの品々と未練をにじませた歌を贈ります。秋好は、伊勢に行く時に朱雀院から別れの櫛を頂いた光景を思い出しました。朱雀院は優雅で美しく、ひどく泣いていたのです。自分は幼い心で、何となく悲しいことと見ていたのが、たった今のことに感じられます。母のことなども思い出され、次のように返事をしました。

別るとてはるかに言いし一言も　かえりてものは今ぞ悲しき
（はるか昔、別れに当たり、「帰るな」と言われた一言も、帰京しますと、今はかえって悲しく思われます）

もしかすると秋好も、朱雀院のことが気になっていたのかもしれません。しかし、自分の思いを表に出すこともなく、冷泉帝と結婚するのでした。

②光源氏からの好意を嫌に思う

六条御息所は光源氏の美しさや教養に惹かれ、恋をしました。だからこそ、光源氏のつれなさに思い悩み、光源氏の妻や他の恋人に嫉妬して苦しんだのです。
秋好はというと、光源氏に対して好意のかけらもありませんでした。秋好がまだ女御だった頃、二条院に退出した時のことです。

光源氏が六条御息所の思い出をしみじみと語るのを聞くと、秋好も泣かずにいられません。その様子は、可憐でたおやかな風情でした。やがて光源氏は「特別な思いを抑えての親代わりだと分かってくれますか…」と恋心を訴えてきます。戸惑う彼女は返事ができません。光源氏はほかのことに話をそらさざるをえず、自分の幼い娘である明石の姫君の将来の後見を頼みました。

また、「春と秋のどちらに、より魅力を感じますか?」と光源氏は話題を変えます。彼女は、「はかなく亡くなった母を思うと秋が…」と素直に答えます。光源氏は慕情を抑えかねて、ため息をつきました。秋好は、たとえ光源氏が美しくても、そんな彼の好意を嫌に思うのでした。

③安定した人生を送る

夫を早くに亡くし、光源氏とのことで嫉妬の連続だった六条御息所の人生は波乱万丈だったかもしれません。その娘である秋好中宮は、母亡き後、何不自由のない安定した人生を送りました。

紫の上との交流からもその様子が伺えます。光源氏は六条御息所が住んでいた屋敷跡に広大な六条院を造営し、その中に四季の町を作りましたが、秋好中宮は、秋の町に移り住みました。移った時期がちょうど秋で、春の町に住む紫の上には「秋を好む」という意味の歌を贈ります。

心から春まつ園はわがやどの　紅葉を風のつてにだに見よ
（心から春を待つ園の方は、私の庭の紅葉を風の便りにでもご覧ください）

紫の上からの返歌は、次のような内容でした。

風に散る紅葉はかろし春の色を　岩根の松にかけてこそ見め
（風に散る紅葉は軽々しいですね。春の美しさを、どっしりとした岩に根ざす松にご覧ください）

翌年、春の盛りの頃に、紫の上が春の町で華やかな船楽《ふながく》を催します。夜を徹して響いてくる琴や琵琶、笛などの演奏を秋好中宮はうらやましく聞いていました。

次の日は、中宮が主催する法会でした。船楽に参加していた人のほとんどが秋の町に向かいます。紫の上は、お供えの花を鳥や蝶の装束を着たかわいい子どもたちに持たせます。

次の歌が添えられていました。

花園の胡蝶をさえや下草に　秋まつむしはうとく見るらん

（春の花園を舞う胡蝶に対してさえ、下草に隠れて秋を待つ松虫は冷ややかにご覧になるのでしょうか）

秋好中宮は、かつての紅葉の歌のお返しね、と微笑んで読みます。返事には「昨日は私も船楽に伺いたくて泣きたいほどでした」と書いて、歌を返しました。

胡蝶にもさそわれなまし心ありて　八重山吹を隔てざりせば

（「来」いという名の「胡」蝶に誘われて私も行きたかったのです。そちらで八重山吹の隔てを作らなければ）

秋好中宮と紫の上は女性たちの中心となって、六条院で雅な交流をしていたのです。このような平和なやりとりができたのは、ともに心も日々の暮らしも安定していた証拠でしょう。

光源氏への感謝

時が経ち、冷泉帝が即位してから十八年が経ちました。冷泉帝とは、結婚してからずっと仲良く暮らしています。冷泉帝は「思うままにのんびり過ごせる生活がしたい」と口にしていましたが、病気を患い、急に退位することになりました。秋好は、自分が中宮になれたのもひとえに光源氏のおかげと改めて感謝します。

数年前には、光源氏の四十歳の祝いの宴を盛大に催しました。光源氏が手厚く育ててくれた恩に対して、少しでも感謝の気持ちを形にしたい、という思いがあったからです。また、父や母が生きていたらきっと行ったであろうお礼の気持ちも込めていました。

秋好中宮の心残り

そんな順風満帆な人生を歩んでいた秋好中宮でしたが、ひとつだけ彼女の心残りだったのは、母のことでした。

あるとき、訪ねてきた光源氏に、出家したいという思いを打ち明けます。光源氏は驚いて、「無常の世とはいえ、恵まれた境遇ではないですか…。出家など夢にもお考えにならないように」といさめました。中宮は、自分の気持ちを深くは理解してもらえていない、と悲しく思います。「亡き母がたいそう苦しんでいるのではと…。私は先立たれた悲しみばかりが忘れられず、至らぬことです。母の供養ができないものかと、年齢を重ねるにつれて身に染みて思うようになりました」とだけ口にしました。
中宮は何不自由ない境遇ですが、母である六条御息所のことを考えて、仏道への気持ちは深まるばかりでした。しかし光源氏同様、冷泉帝も許すはずのないこと。彼女は自分の中で折り合いをつけたのでしょう。出家はしませんでしたが、仏事を熱心に営み、世の無常を心に深く刻んでいくのでした。

秋好から心のこもった手紙

何年かして、長年病に臥せっていた紫の上が亡くなりました。光源氏が最も愛し、支えとしてきた妻です。秋好中宮は心のこもった手紙を絶えず届け、自身の尽きることのない悲しみを伝えました。

枯れはつる野辺を憂《う》しとや亡き人の　秋に心をとどめざりけん
（枯れ果てた野辺の景色を嫌って、亡き人は秋を好きになれなかったのでしょうか）

「今になってそのわけが分かりました」と。

光源氏は繰り返し読み、手紙を下に置くこともできません。話しがいがあり、風情のあるやり取りをして慰められるのは、今は秋好中宮だけだと思わずにいられませんでした。

数年後、光源氏も亡くなりました。秋好中宮は子どもがいないので、光源氏の末子である薫を大切に世話します。薫を頼りにしながら、冷泉院との落ち着いた生活を送った秋好中宮ですが、母を想う気持ちはずっと変わらなかったことでしょう。

まとめ――秋好中宮の安定した人生

秋好中宮は、数え三歳で父を亡くしたあと、肉親といえば母の六条御息所くらいでした。その当代一の才色兼備の母が、光源氏の愛人になって、傷つき苦悩する傍らで育ちます。母一人、子一人。娘として、母を守り支えたい、慰め癒やしたい、という気持ちがあったでしょう。

親子でありながら、正反対の人生を歩んだ六条御息所と秋好中宮。母と共に暮らした時間が秋好という女性の基礎となり、安定した人生を築いていく一つの要素になったのかもしれません。

第十六回　雲居雁

愛嬌抜群のヒロイン・雲居雁！
夕霧との関係とホームドラマ的半生を解説

雲居雁《くもいのかり》は、光源氏のライバルである内大臣《うちのおとど》の娘です。おっとりした性格で、身分の高い家に生まれながら、人柄も容姿も親しみやすく可愛らしい女性です。光源氏の息子である夕霧《ゆうぎり》はいとこにあたり、それぞれ母親がいないことから祖母の大宮のもとで一緒に育ちます。成長するにつれ、お互いに惹かれあっていく夕霧と雲居雁ですが、実は、二人の恋には大きな障害がありました。幼馴染同士の恋のゆくえにも注目しながら、彼女の人柄を見ていきましょう。

【今回のおもな登場人物】

・雲居雁《くもいのかり》：この回の主人公
・夕霧《ゆうぎり》：光源氏の息子で、雲居雁のいとこ。

・内大臣《うちのおとど》：雲居雁の父。以前は頭中将と呼ばれていた。
・大宮《おおみや》：雲居雁と夕霧の祖母。
・葵《あおい》の上《うえ》：内大臣のきょうだいで、夕霧の母。故人。
・光源氏《ひかるげんじ》：夕霧の父。

雲居雁と夕霧の幼い恋心

雲居雁の母は、早くに夫と離婚して、別の男性と再婚していました。父方の祖母、大宮に預けられた雲居雁は、いとこ（雲居雁の父と夕霧の母がきょうだい）にあたる夕霧と一緒に育ちます。

十歳を過ぎてからは住む部屋が別になりますが、いつしか二人はお互いに恋心を抱くようになっていました。雲居雁の周囲の人たちは二人の仲を知っていましたが、見て見ぬふりをしています。なぜなら、雲居雁の父、内大臣が娘を東宮（皇太子）と結婚させようと考えていたからです。もし、内大臣が知ったら、二人を引き離すに決まっています。そんなことになったらかわいそうだと、幼い二人の恋を見守っていたのでした。

二人の恋が内大臣に発覚！

ところが、ある時内大臣は、女房（お世話する人）たちが雲居雁と夕霧の仲を噂しているのを立ち聞きしてしまいます。彼は幼い恋がかなり深まっていることや、女房たちの間で公然の秘密になっていることを知り、愕然としました。自分のプランが崩れてしまうことや、ライバルである光源氏への対抗意識もあって、二人の仲を受け入れることができません。

大宮に、「孫たちを放ったらかしにしていたことが恨めしい」と非難します。大宮は可愛い孫たちがそんな仲になっているとは知らず、驚くばかりでした。雲居雁も父の内大臣からあれこれ注意されます。しかし彼女は実に無邪気で、内大臣にとっていかに重大なことか何も分かっていないようでした。

腹を立てる内大臣は涙ぐみながら、夕霧と会わせないよう雲居雁を自分の邸《やしき》に移そうと考えるのでした。

何も知らない夕霧の訪問

その夜、今は光源氏の邸宅で学問に励んでいる夕霧が雲居雁に会いにきます。しかし、ふすまに鍵がかけられていました。ふすまを隔てて、彼女が独りつぶやく声が聞こえてきます。

「大空を渡る雁もわたしのように悲しいのかしら」

【原文】

「雲居の雁もわがごとや」

夕霧は「ここを開けてください」と言いますが、返答はありません。雲居雁は二人の仲を父に知られたことを思い出し、恥ずかしくなって、夜具で顔を覆ってしまいます。

夕霧はどうすることもできず、

さ夜中に友呼びわたるかりがねに　うたて吹き添う荻《おぎ》の上風《うわかぜ》

（真夜中に友を呼びながら空を渡る雁の声も寂しいのに、それに加えて、荻の葉をなでる風までが吹く）

と詠んで、引き返しました。

引き離された二人…。会えなくても想いは募る

結局、雲居雁は父親の邸に引き取られることになりました。祖母、大宮は嘆き悲しみましたが、どうすることもできません。雲居雁は十四歳、夕霧は十二歳です。

大宮のはからいで、二人は別れ際に会うことができました。二人とも胸が高鳴り、泣き出してしまいます。「あなたのことが恋しくて堪えられなくなりそうだ…。今までもっと逢えたのに、なぜそうしなかったのだろう」「私も同じ…」「恋しいと思ってくれる?」姫君はわずかに頷きました。

恋しい思いを確かめ合った二人でしたが、このあとは逢うこともできず、ときどき手紙を交わすだけになったのです。

結果的に、雲居雁を皇太子へ嫁がせるという内大臣の願いは叶いませんでした。次の候補として望ましいのは夕霧なのですが、一度引き裂いた仲です。夕霧もあれ以来雲居雁との結婚に対する熱意を見せず、内大臣としては悩ましい状況でした。

ただ、態度には出さずとも、夕霧は雲居雁を想い続けていました。秋に大きな台風が来たあと、夕霧から雲居雁へ次のような歌が送られてきました。

風騒ぎむら雲まがう夕《ゆうべ》にも　忘るる間なく忘られぬ君

（風がはげしく吹いて、むら雲が乱れる夕方でも、かたときもあなたのことは忘れられません）

夕霧への縁談話　すれ違う気持ち

何年か経ち、雲居雁は二十歳になりました。うわべはさりげなくふるまいながら、もの思いに耽る日々を過ごしています。そんなある日、父、内大臣から夕霧に縁談の話が来ていることを知らされたのです。内大臣は涙を浮かべており、雲居雁も涙を流さずにいられません。

ちょうど夕霧から手紙が届きます。

つれなさは憂き世の常になりゆくを　忘れぬ人や人にことなる

（あなたのつれなさは、つらい世間の人並みになっていくけれども、あなたを忘れられない私は

普通ではないのでしょうか）

縁談があることには何も触れていません。雲居雁は「よそよそしいこと」と思いながら歌を返します。

限りとて忘れがたきを忘るるも　こや世になびく心なるらん

（忘れられない、と言われる私のことを、もはやこれまでと忘れてしまうのも、世間の人並みの気持ちなのでしょうか）

雲居雁は、縁談のことを何も話してくれない夕霧に対して責める気持ちですが、彼女が何を言っているか分からず、夕霧は首をかしげてじっと手紙を見つめます。冗談にせよ、ほかの女性に心を移すことは考えられないのでした。

内大臣の決意

雲居雁は夕霧の縁談のうわさを聞いて悲しんでいました。一方の夕霧も、雲居雁を想い続けています。すれ違う二人でしたが、お互いを意識しあっていることに変わりはありません。内大臣は思い悩んだあげく、夕霧との結婚を許すしかない、と思うようになります。

そんな折、今は亡き大宮の法要がありました。その会場で夕霧と顔を合わせた内大臣は、「私のことを許してほしい」と切り出したのです。また、内大臣は別の日に藤の宴を催し、夕霧を自邸に招きました。内大臣は夕霧を懇ろにもてなし、結婚の承諾をほのめかす古歌《ふるうた》の一句を吟じました。このあと夕霧は雲居雁の部屋に案内され、幼い恋は晴れて実ったのです。

「長いあいだ思いを積もらせて、本当にせつなくて苦しかった。もう何も考えられない」という夕霧の想いは、雲居雁も同じだったでしょう。

人々がうらやむ理想的な夫婦仲の二人に、内大臣も満足するのでした。

親しみやすい！　雲居雁の二つの特徴

ここまで二人の恋の行方を見てきましたが、ここからは雲居雁の人柄について書きたいと思います。彼女の特徴を二つご紹介しましょう。

①自然体で飾らない人柄

雲居雁は大臣家の姫君でありながら、気取ったところがない女性です。夕霧と結婚する前のある暑い日、雲居雁は薄物の単衣〈ひとえ〉を着て昼寝をしていたことがあります。薄い衣なので美しい肌が透けて見え、扇を持ったまま腕を枕にしていました。そこへ内大臣が通りかかります。雲居雁は父の扇を鳴らす音で目が覚め、ぼんやり見上げたあと頬が赤らみました。

内大臣は、「うたた寝はするものでない、と言っていたのに。女というものは身のまわりに注意して自分を守っているべきだ」と諭すのでした。こういった自然体なところは、雲居雁の魅力の一つではないでしょうか。

②嫉妬していても愛嬌たっぷり

結婚後、雲居雁は律義で真面目な夕霧を信頼していました。たくさんの子どもにも恵まれ、子育てや家事に追われる賑やかな日々を過ごします。一方夕霧は、そんな雲居雁の姿を味気なく思っていました。

結婚して十年が経った頃、夕霧は落葉宮《おちばのみや》という女性の世話をするようになります。亡くなった親友、柏木《かしわぎ》の妻だった人で、亡くなる前に柏木から「妻をよろしく」と頼まれていたのです。落葉宮と接しているうちに、夕霧は彼女に恋をしてしまいます。夫と落葉宮とのうわさを聞いて、雲居雁は当然おもしろくありません。

あるとき、夕霧が落葉宮の母から届いた手紙を読もうとしていると、背後から雲居雁がそっと近づいて、手紙を奪い取ってしまいました。夕霧は「花散里（夕霧の育ての母）からの手紙ですよ。年月が経つにつれて、こうも私をないがしろにするとは…」と非難します。雲居雁は気が引けて読むことはせず、可愛い表情で「ないがしろにしているのはあなたでしょ」と言い返します。お互い笑みを浮かべながら、夕霧は手紙を取り返そうとしますが、雲居雁は恨みごとを並べるばかりで返そうとせず、そのまま手紙を隠してしまいました。

翌朝、彼女は子どもたちの世話で忙しく、手紙のことは忘れています。昼ごろ、夕霧は彼女に「昨日の手紙には何が書いてあったのでしょうか。返事だけでも…」と尋ねました。雲居雁は、自分のしたことが恥ずかしく、話をはぐらかしてしまいます。結局、夕霧は夕方に自分で手紙を見つけたのでした。

雲居雁の不安

その後も落葉宮へ思いを訴え続ける夕霧でしたが、落葉宮は取り合いません。拒まれ続ける夕霧は物思いにふけり、自宅に帰っても心は上の空です。雲居雁は夫の様子に不安を覚えます。

落葉宮は自分よりも身分が上の人。もし、二人が結ばれるようなことがあれば、自分の立場はどうなるのだろうと動揺します

ある日、夕霧が落葉宮のもとから自宅に戻ると、日も高くなっているのに雲居雁が寝床で横になっていました。夕霧と目も合わせません。「私はもう死んでいます。『鬼』呼ばわりされるから…」怒りで顔が赤くなっていますが、それでも愛嬌たっぷりです。「あなたなんて死んだら。私も死ぬから…」とまで言うのを、夕霧がなだめます。

夕霧は改めて、二人の結婚までの苦しかった道のりを語りました。彼女は自分たちのつながりの深さをかみしめるのでした。

「実家へ帰らせていただきます」夕霧と雲居雁の攻防

しかし、その後夕霧は落葉宮と結ばれます。事の次第を知った雲居雁は衝撃を受け、女の子と幼い子だけを連れて実家に帰ってしまいました。驚いた夕霧は自邸に戻り、何度か雲居雁に手紙を送りますが、彼女は返事しません。

仕方なく、妻の実家に行くことにしました。「子どもたちを放ったらかしにして、のん気なものだね」と責めます。姉とともにいる彼女からは、「飽きられてしまった身です。子どもたち

のことはよろしく…」という返事があるだけでした。一夜明けて、「これきりの縁だというなら、子どもたちのことは私が面倒をみよう」と夕霧が脅してきます。雲居雁は不安になり、結局自宅に戻ることになりました。

夕霧は雲居雁がどういう反応をするかお見通しで、彼の方が何枚も上手なようです。

同じ立場になって初めてわかる気持ち

その後、雲居雁は、落葉宮へ恨みを込めた歌を送ります。

夕霧のもう一人の妻である藤典侍〈とうないしのすけ〉からは、慰めの歌が送られてきました。藤典侍は雲居雁より身分の低い女性ですから、雲居雁を羨ましく思ったこともあったかもしれません。

雲居雁は同じ立場になって、藤典侍のこれまでの気持ちが少し分かった気がします。

人の世のうきをあわれと見しかども　身にかえんとは思わざりしを

（ほかの夫婦の間柄のつらいことをお気の毒だと思ったことはありますが、まさか自分がその身になるとは思ってもいませんでした）

悲しんだ雲居雁でしたが、几帳面で真面目な夕霧は、後に落葉宮と雲居雁のもとに均等に通うようになったのでした。

まとめ――素直で明るい雲居雁と実直な夕霧

夕霧の浮気に家出までした雲居雁ですが、結局二人は元の鞘に収まり、落ち着いた生活を送っていきます。『源氏物語』の中では、離婚してしまう夫婦や心の溝ができて妻が病気になるケースもある中、珍しいことです。

理由の一つには、二人の愛情と信頼の深さが挙げられるでしょう。幼なじみ同士で苦労して初恋を実らせた間柄ですから、簡単には崩れません。また、雲居雁の素直さや素朴で無邪気な明るさは、たくさんの子を持つ母親になっても、嫉妬しても変わりませんでした。夕霧には、どんな時も雲居雁が可愛らしく映っていたのではないでしょうか。そんな雲居雁と、聡明で実直な夕霧だからこそ、うまくいったのかもしれません。

第十七回　弘徽殿女御

弘徽殿女御は怖いだけじゃない！　見方が変わる三つの特徴を紹介

光源氏の敵として長らく立ちはだかる弘徽殿女御《こきでんのにょうご》についてご紹介しましょう。弘徽殿女御は、光源氏の母である桐壺《きりつぼ》の更衣《こうい》をいじめた女性たちの中でもリーダー格だったことで知られています。気が強く、物怖じしない性格で、まさにお局様と言っていいでしょう。登場する場面は比較的少ないのですが、読者に強烈なインパクトを与える女性です。

一般的には悪役のように思われている彼女ですが、果たしてどのような人だったのでしょうか。弘徽殿女御を別の側面から捉えなおしてみたいと思います。

【今回のおもな登場人物】

・弘徽殿女御《こきでんのにょうご》：この回の主人公

・桐壺帝《きりつぼのみかど》：弘徽殿の結婚相手。

・藤壺《ふじつぼ》：桐壺帝の女御で、弘徽殿のライバル。
・右大臣《うだいじん》：弘徽殿の父。
・朱雀帝《すざくてい》：弘徽殿の息子。
・光源氏《ひかるげんじ》：右大臣家と敵対する相手。

厚遇される桐壺の更衣

弘徽殿女御は右大臣の長女で、桐壺帝と誰よりも早く結婚した人です。帝からはそれなりに大切に扱われ、第一皇子だけではなく女の子も産んでいました。しかし、桐壺帝が最も寵愛したのは弘徽殿ではなく、桐壺の更衣だったのです。

妃たちは、低い家柄の出身で身分の劣る者が最も寵愛されることに我慢ができません。特に弘徽殿は、自分こそが寵愛を受けるにふさわしいと思っています。一族の運命を背負う境遇からも、許せない気持ちでした。

帝の立場からすると、まず高い家柄の女御たちを大事にして、バランスよく妃たちを愛することが求められます。政治を安定させるためにも大切なことです。ところが、桐壺帝は桐壺の更衣ばかり寵愛し、更衣が第二皇子（光源氏）を産んでからは、さらに母子を厚遇します。弘徽殿は自分が産んだ第一皇子ではなく、この第二皇子が東宮（皇太子）になるのでは、と不安を覚えました。帝に直接苦言を呈しますが、状況が変わる様子はありません。その不満はいっそう桐壺の更衣に向き、彼女は桐壺の更衣をいじめる女性たちの中心になっていったのでした。

息子が東宮になった安心もつかの間

その後、桐壺の更衣が亡くなり、しばらくして弘徽殿の子である第一皇子が東宮（皇太子）になりました。弘徽殿はひと安心します。

ところが、そのあとで桐壺の更衣にそっくりな藤壺が桐壺帝の妃になりました。藤壺は帝の愛情を一身に受けており、弘徽殿は不愉快に思いますが、先帝の娘で身分の高い藤壺には何もできません。また、成長してきた光の君（光源氏）が藤壺への好意を素直に見せているのを知ると、桐壺の更衣への憎しみがぶり返してくるのでした。

弘徽殿の「お局様的行動」二選

弘徽殿は、気に食わないことに対してハッキリ態度に出す女性です。それは、藤壺や光源氏に対しても同じでした。弘徽殿がどのように振舞っていたのか、よくわかる場面を見ていきましょう。

①藤壺を呪う言葉を言いふらす

藤壺が嫁いできて十年が経った頃、彼女は男の子を出産します。本当は十二月の出産予定でしたが、正月も過ぎ、二月になってようやく誕生したのです。この間、弘徽殿は藤壺を呪う言葉を言いふらしていました。それが藤壺の耳にも入ったのです。藤壺は出産にあたり心身が弱っていましたが、弘徽殿の言葉を聞いて、「ここで本当に死んだりしたら、とんだ笑いものになる」と、かえって気を強く持ち、心身を回復するのでした。

②光源氏を見て嫌味を言う

ある紅葉の美しい時期、桐壺帝が宮中で舞楽の予行演習を開催しました。そこで、十八歳の光源氏がライバルの頭中将と二人で「青海波《せいがいは》」という演目を舞います。光源氏の舞いや詩句の朗唱はあまりにも素晴らしく、皆が感動の涙を流しました。

いつもよりさらに光り輝く光源氏を見ていると、弘徽殿は実に不快な気持ちになり、「あまりにも美しくて、神隠しにされてしまいそうだわ。おお、恐ろしい」とあからさまな嫌味を口にします。いかにも「お局様」な振る舞いをしてしまうのでした。

見方が変わる？　弘徽殿の三つの特徴

桐壺の更衣をいじめ、藤壺や光源氏にもきつい態度をとる弘徽殿。『源氏物語』の読者の間では「敵」という印象の強い彼女ですが、よくよく見ていくと自分なりの正義観を持って行動していることが分かります。弘徽殿の特徴を三点ご紹介しましょう。

①息子思いの一面

藤壺が出産したあと桐壺帝は譲位し、弘徽殿が産んだ朱雀帝が即位します。この朱雀帝と、弘徽殿の妹の朧月夜は結婚するはずでした。しかし、彼女が光源氏と恋人同士であることが発覚し、結婚の話はなくなってしまったのです。朧月夜は発覚後も変わらず光源氏に思いを寄せており、父親の右大臣は結婚させてもいいのではないかと考えますが、弘徽殿にとっては許せないことです。結局、光源氏との結婚の話は実現しませんでした。のちに光源氏と朧月夜は密会騒動を引き起こします。光源氏が夜な夜な右大臣邸に忍び込んでいたことを知った弘徽殿は激怒しました。

「昔から皆、息子の朱雀帝をばかにしている。辞任した左大臣も娘である葵の上を息子に嫁がせないで、源氏にとっておいた。妹の朧月夜も帝に入内させる心づもりだったのに、源氏と恥さらしなことになった。それで誰が源氏を悪い、と責めたでしょうか。みながみな、源氏の味方だった」

【原文】
昔より皆人思い貶《おと》しきこえて、致仕《ちぢ》の大臣《おとど》も、またなくかしずくひとつ女《むすめ》を、兄《このかみ》の坊にておわするにはたてまつらで、弟の源氏にていときなきが元服の副臥《そいぶし》にとり分き、またこの君をも宮仕えにと心ざしてはべりしに、おこがましきありさまなりしを、誰も誰もあやしとやはおほしたりし。皆かの御方にこそ御心寄せはべるめりし。

朱雀帝と結婚するはずだった葵の上も、朧月夜も、結果的に光源氏と結ばれました。弘徽殿には、息子をないがしろにされたのが許せなかったのでしょう。これまでも、桐壺の更衣や藤壺が溺愛されればされるほど、光源氏が評価されればされるほど、わが子の立場がなくなるのではと心配だったはずです。言動は激しいですが、息子を守るため弘徽殿も必死だったのかもしれません。

②理知的で的を射た考え方

弘徽殿は感情で動く女性というイメージがありますが、実際には理知的で、的を射た考え方をしていました。光源氏が密会騒動を引き起こしたとき、弘徽殿はチャンスとばかりに働きかけて、光源氏を無位無官にしてしまいます。実は光源氏はこれまで、父帝の妃（藤壺）との密通や斎院（朝顔）に恋慕を訴えるなど、明らかになればただでは済まないことを重ねてきました。世間には知られていないこともありますが、たとえ知っていることでも、世間は彼を大目に見てきたのです。弘徽殿には、「今度こそ私だけは光源氏を許すまい」という正義感もあったでしょう。

その後、須磨（兵庫県）へ移った光源氏には、親しく交際のあった大貴族たちや兄弟からの手紙が届いていました。互いに漢詩を作って送り合っていたのですが、そんなことでも光源氏は世間から賞賛されます。

それを耳にした弘徽殿は厳しく言いました。

「朝廷から罰せられた者は、気ままに日々の食事もできないもの。それなのに光源氏は風流な家に住み、世の中を悪く言っている。また、そのようなものの機嫌をとろうとする者がいる！」言い方はきつくても、弘徽殿はまったく間違ったことを言っていません。皆は弘徽殿を恐れ、光源氏へ手紙を送らなくなったのでした。

また、こんなこともありました。

光源氏が須磨へ移った翌年の三月、雷が鳴り響き雨風の騒がしい夜、朱雀帝の夢に父の桐壺院があらわれたのです。朱雀帝は父に睨まれ、光源氏のことで意見されました。光源氏を須磨に追いやったままだからかと不安になり、朱雀帝は光源氏を呼び戻そうかと弘徽殿に相談しますが、彼女はいたって冷静でした。

「雨が降って空が荒れる夜は、気に病む気持ちからそんな夢を見るのです。慌ててはいけません」

【原文】

「雨など降り、空乱れたる夜は、思いなしなることはさぞはべる。軽々しきように、おぼしおどろくまじきこと」

当時、夢に出たことには大きな意味があると考えるのが一般的でした。そんな時代に論理的なものの見方をするのは珍しいことだったでしょう。こういったことからも、彼女が冷静に物事を見ていたことが分かります。

③男性を圧倒する強さ

そして弘徽殿の特徴でなんといっても欠かせないのは、彼女のパワフルさです。平安時代といえば、ジェンダー平等が叫ばれる現代とは違い、男性優位が当たり前の社会でした。そんな時代にあって、弘徽殿は男性たちと堂々と対峙しています。

光源氏が須磨へ行ってからというもの、朱雀帝は眼を患い、弘徽殿の父、太政大臣（右大臣）も亡くなってしまいます。さらには弘徽殿自身も体調を崩しました。朱雀帝は光源氏を都に呼び戻し元の位に就かせた方がよいのではないかと考え、弘徽殿に話しますが、彼女は厳しく諌めます。「あまりに軽率なこと。罪を恐れて都を去った人を三年もしないで許すなど…」

また、弘徽殿は、桐壺帝が桐壺の更衣一人を寵愛していた時も、直接不満を伝えていました。

息子や夫とはいえ、相手はもっとも位の高い帝です。そんな相手にも、まったく物怖じすることなく意見を伝えています。

光源氏と朧月夜の密会が発覚した時には、最初に目撃した右大臣が娘の弘徽殿に事の次第を伝えました。並々ならぬ怒りをあらわにする弘徽殿を見て、右大臣はかえって伝えたことを後悔したほどです。大臣である父もたじたじになるほどの強さを持った女性が弘徽殿でした。

光源氏と立場が逆転

一時は光源氏を都から追いやり、思うままに世の中を動かしていた弘徽殿。しかし、朱雀帝が次々とやって来る不幸に耐えられなくなり、光源氏を都へ呼び戻してしまいます。更に朱雀帝は、帝の位を東宮に譲るのです。朱雀帝はいろいろ考えることがあり決断したわけですが、母の弘徽殿には何も伝えていなかったのでしょう、弘徽殿は慌てふためきます。そのまま藤壺の産んだ冷泉帝の世になり、弘徽殿はまったくおもしろくありません。しかも、光源氏は何かにつけて弘徽殿に完璧に仕え、好意的に振舞うため、彼女はかえっていたたまれない思いをするのでした。

嬉しさと嫉妬がせめぎ合う対面

数年の月日が流れたある夜、冷泉帝が光源氏を伴って弘徽殿を見舞いに来ました。弘徽殿は、帝が来たことに大喜びで御簾越しに対面します。藤壺は三十七歳で亡くなっていたので、光源氏は藤壺と比べて弘徽殿が長く生きていることを悔しく思っています。

弘徽殿は涙を流して言います。「こんなに年老い、何もかも忘れてしまいました。おそれ多くもこうしていらしてくださり、亡き桐壺院を思い出さずにはいられません」冷泉帝は、「頼るべき人々に次々と先立たれ、悲しみに暮れておりましたが、今日お目にかかって心が晴れました。また参ります」と言います。その後二人は、大勢の者とあわただしく帰っていきました。そのにぎやかさに弘徽殿は嫉妬し、心穏やかではいられません。

光源氏は昔をどんなふうに思い出しているだろう、結局天下を治める光源氏の、過去の行いの結果はどうにもできなかった、と悔いるのでした。光源氏との関係においては不満な結果に終わった弘徽殿でしたが、結果的に彼女は長生きしました。不満はありつつも、息子の朱雀院に支えられ、落ち着いた晩年を過ごしたことでしょう。

まとめ ―― 男性優位の社会でも負けない弘徽殿

弘徽殿は、悪女と言われつつも、どこか味のあるキャラクターです。『源氏物語』では主人公である光源氏の敵として描かれているため、怖くて厄介な印象を持っている人も多いかもしれません。

しかし、彼女がもしも自分の味方だったらどうでしょうか。これほど心強い相手もいないのではないかと感じます。男性たちを圧倒し、冷静に物事を捉える力を持っていた弘徽殿は、他の女性とは一線を画す強さを持っていたと言えるでしょう。

第十八回　大君

「宇治十帖」のヒロイン・大君は永遠を求めた女性

薫との関係を解説

「宇治十帖」とは、『源氏物語』全五十四帖の中でも最後の十帖のことで、本編の主人公である光源氏亡き後、彼の子や孫が織り成すドラマを描いたものです。京都の宇治を舞台にしているので、このように言われます。

最初に紹介するのは、大君《おおいぎみ》です。彼女は宇治に住む姉妹の姉で、非常に思慮深く、ひかえめな性格をしています。光源氏の末子である薫《かおる》は大君と出逢い、心惹かれていきますが、大君は決して薫を受け入れようとしませんでした。惹かれあう二人を阻んだものとは、何だったのでしょうか。

【今回のおもな登場人物】

・大君《おおいぎみ》：この回の主人公。

・薫《かおる》：光源氏の末子で、大君に恋心を抱く。
・中《なか》の君《きみ》：大君の二歳違いの妹。
・匂宮《におうのみや》：光源氏の外孫で薫の友人。
・八宮《はちのみや》：大君と中の君の父。

八宮の大切な二人の娘

大君は、妹である中《なか》の君《きみ》とともに、父の八宮によって育てられました。彼女たちの母親は、中の君を産んでまもなく亡くなってしまったのです。姉の大君は気品があって思慮深く可憐で、中の君はとてもおっとりして可愛らしい様子が魅力でした。

二人は八宮から大切に育てられますが、家は落ちぶれていくばかりでした。八宮は桐壺院の子ですが、父とも母とも早くに死別し、しっかり教育してくれる人もなかったため、世渡りの心構えもじゅうぶんではありません。相続したはずの遺産や宝物は、いつのまにかなくなっていました。女房たちや中の君の乳母も離れていき、姉妹の衣装は着古したものです。

ただ、八宮は音楽には打ち込んでいたので、大君には琵琶を、中の君には箏の琴を教えました。八宮は再婚の話に耳を貸すこともなく、勤行（仏壇の前でお経を読むこと）の傍ら娘たちの教育にいそしむのでした。

薫と八宮の出会い

このあと、八宮は都の邸《やしき》を火事で失い、やむをえず宇治の山の中にある別荘に移り住みました。そんな中で宇治山の僧侶が八宮の仏道への傾倒ぶりを聞き、訪ねてきます。この僧から八宮が仏道に熱心であること、姫たちの琴の合奏が実に風情あることを聞いた薫は感銘を受け、八宮を紹介してほしいと頼みました。薫は、幼いころから人生に悩み、仏道に関心を持っていたからです。八宮と薫は手紙のやり取りをするようになり、やがて仏法について語り合う仲となりました。

宇治に暮らす美しい姉妹

親交が始まって三年目の秋、薫が宇治を訪問したときのこと。あいにく八宮は留守でしたが、薫は大君と中の君の姉妹が琵琶と箏の琴を合奏するのを垣間見たのでした。

雲間に隠れていた月が急に辺りを明るく照らし、二人の姫君がくっきり浮かび上がります。

「扇でなくても、この撥《ばち》でも月を招き寄せることができたわ」と月をのぞく姫は、華やかな艶やかさがあります。「変わった思いつきね」と微笑む姫は思慮深げです。「昔物語のようだ。こんな山里に美しい姫がいるとは…」と、薫は強く心惹かれるのでした。

大君と中の君は薫に見られているとも知らず、「どなたかお越しです」との知らせを聞き、静かに奥に身を隠し、大君が御簾越しに薫の対応をします。客人の対応をする女房（お世話する人）がいないのです。「何事もわきまえぬ身…」とほのかに語る大君の声に、薫は心を揺さぶられます。必死に「世間の色恋には無縁な私。所在なく過ごす私の話を聞いてくださり、世間から離れた寂しいあなたの日々の慰めになりと、お便りを頂ければどんなに嬉しいことでしょう」と交際を求めます。

大君は返事のしようがなくて困っていましたが、起き出してきた老女、弁の君に応対を譲りました。

一夜明けて、薫は大君に歌を贈ります。

橋姫の心を汲みて高瀬さす　棹《さお》のしずくに袖ぞ濡れぬる

（宇治の姫君の、寂しい心をお察しして、宇治の浅瀬に棹さして行く舟人が棹の雫に袖を濡らすように、私の袖も涙で濡れてしまったことです）

大君は次のように返しました。

さしかえる宇治の川長《かわおさ》朝夕の　しずくや袖をくたしはつらん

（棹をさして宇治川をゆききする渡し守は、朝も夕も雫に袖を濡らして、すっかり朽ち果てさせているでしょう。私の袖もまた、涙によって朽ち果ててしまいそうです）

匂宮の登場

さて、ここで光源氏の孫である匂宮《におうのみや》が登場します。彼は帝と明石の中宮（光源氏の娘）の第三皇子で、薫と年も近く、親しい仲でした。匂宮は、薫から宇治の姉妹のことを聞き、関心を持ちます。宇治の山荘に出向いたり、宇治に手紙を送ったりするようになりました。

ただ、八宮は匂宮の好色な噂を聞いており、恋愛抜きの付き合いという建前で、中の君に返事を書かせます。大君は用心深く、このようなことには関わりません。

大君は二十五歳、中の君は二十三歳です。当時は十四、五歳で結婚するのが当たり前でしたから、とうに婚期を過ぎているのですが、姉妹はますます美しくなっていました。八宮は、自身の年齢のこともあり、真剣に出家を望んでいますが、残される娘たちが心配でなりません。薫が宇治を訪ねた際には、「私の亡き後、娘たちを気にかけて見捨てないでください」と頼みます。薫は、「ご安心ください。生きているかぎりは変わらない志をお見せしましょう」と応えるのでした。

八宮との突然の別れ

秋が深まる頃、八宮は死期を予感し、山寺に籠もることを決めます。出発前、姫君たちに遺言めいた話をしました。「人の死は逃れられぬもの。私の死後、頼る人のないあなた方を残すのがつらい。亡き母のためにも軽率な行動はしないように。よくよく信頼できる男性でなければ、宇治を離れてはなりません。自分たちは世間の人たちとは違うと覚悟してここで朽ちなさい」

その後、八宮は下山の予定日になっても帰ってきませんでした。姉妹はしきりに使いをやって様子を聞きますが、八月になって使者から父の死を告げられたのです。姫君たちは、あまりの衝撃に涙も出ず、突っ伏してしまいました。

薫は知らせを聞き、残念でならず、ひどく泣きました。姫君たちを思いやり、法事などの費用の一切の面倒をみて、懇ろに弔います。

四十九日を過ぎて、薫が宇治にやってきました。姉妹が気後れして返事もしないでいると、「色恋めいたことはしませんので、八宮様が望まれたように親しんでください」と訴えます。大君は少し御簾に近づきます。薫は八宮との約束を丁寧な語り口で話しました。ほのかに聞こえる返事から、大君の嘆き疲れた様子がありありと伝わり、薫は切なく思います。薫が姫君たちの悲しみを思いやり、ひとりごとのように歌をつぶやくと、大君は、

色かわる袖をば露の宿りにて　わが身ぞさらに置き所なき
（墨染めの喪服の袖は涙の露の宿るところ、私自身はこの世に身の置きどころもありません）

と返して、奥に入りました。

大君に想いを寄せる薫

薫は、上品で優雅、思慮深い人君に好意を寄せるようになります。大君にそれとなく気持ちを伝えるのですが、彼女は気づかぬふりをして、話をそらしてしまいます。

薫が八宮の一周忌の準備に宇治を訪れた際、姉妹は仏に供える名香の飾り糸が散らかった部

屋で語り合っていました。薫は次の歌を大君に書きます。

あげまきに長き契りをむすびこめ　おなじ所によりもあわなん

（名香の糸の総角結びの中に、末長い契りを結びこめて、糸が同じところにより合うように、私たちもいつまでも寄り添っていたいものです）

大君は煩わしく思いながら、こう返しました。

ぬきもあえずもろき涙の玉の緒に　長き契りをいかがむすばん

（貫きとめることもできない、もろい涙の玉の緒のような私の命なのに、末長い契りなどどうして結べましょう）

大君は、父の八宮から言われた通りにしようと、結婚は考えていませんでした。

大君の薫への想い

その晩、大君は御簾と屏風を隔てて薫と語り合います。薫のひたむきな想いを感じた大君は気まずくなり、「気分がすぐれないので」と奥へ下がろうとしました。ところが、薫は屏風を押し開けて御簾の中へ入ってきて、大君を引き留めました。

「ひどい…」となじる大君は風情があり、薫はほの暗い灯火のもとで、大君の髪を掻き上げて、美しい容貌を目にします。つらそうに泣く大君を見て、強引なこともできません。心細い虫の声を聞きながら、この世の無常について語る薫に、大君は時おり返事をします。その気配は好ましいものでした。

明け方になり、薫は歌を詠みました。

山里のあわれ知らるる声々に　とりあつめたるあさぼらけかな

（山里の風情を感じる様々な音に、さまざまな思いがひとつになって胸に迫る朝ぼらけです）

大君も歌を返します。

鳥の音《ね》も聞こえぬ山と思いしを　世の憂きことはたずね来にけり
(鳥の声も聞こえぬ静かな山奥だと思っていたのに、この世のつらいことはここまで私を追いかけてくるのでした)

この世の儚さを誰よりも感じていた薫と大君には通じ合うものがありました。そんな薫に真剣に恋心を訴えられて心が揺れ動かないはずはありません。しかし大君は、父の遺言に従って独身を貫こうという思いを固めます。そして、人柄も立派で父も頼りにしていた薫と中の君を結婚させようと決意するのでした。

恋の駆け引き！　大君と薫の攻防

大君に想いを寄せる薫と、薫を妹と結婚させたい大君。二人はそれぞれに思惑をめぐらせ、駆け引きが始まりますが、そのやり取りを見ていきましょう。

①先攻：大君

一周忌が過ぎ、薫が宇治へやってきますが、大君は対面を断ります。中の君には薫との結婚を言い含めようとするものの、彼女は姉と離れる気がないようです。日が暮れても薫は帰りません。大君は仕えている老女の弁へ「薫には中の君を代わりに」と伝えますが、弁は「あくまで薫の君はあなた様との結婚を希望していらっしゃいます」と言います。

大君はいつものように中の君と一緒に床につきました。宵が過ぎるころ、弁はこっそり薫を導き入れますが、眠れなかった大君は、その音を聞きつけ逃げてしまいました。本当は中の君も連れ出して一緒に隠れたかったのですが…。

薫は姫君一人で臥しているのを嬉しく思いましたが、やがて大君ではないと気づきます。中の君は姉よりも可愛らしく、気が動転した様子でした。薫は中の君と結ばれるのは本意ではなく、大君にどちらでも良かったのか、と思われたくありません。気を静めて夜を明かし、退出しました。

帰っていった薫から大君へ手紙が届きます。薫の一途さを知り、大君はなぜかいつもより嬉しい気持ちでした。

おなじ枝《え》をわきて染めける山姫に　いずれか深き色と問わばや

（同じ枝を、それぞれ分けて染めた山の女神に、どちらが深い色かと尋ねたいものです…。私はお二人のどちらに心を寄せたらいいのでしょう）

大君は薫の歌に返歌します。

山姫の染むる心はわかねども　うつろうかたや深きなるらん

（山の女神が木の葉を分けて染めた心は分かりませんが、色が変わったほうに深く心を寄せているのでしょう…。中の君にお気持ちが深まったことでしょう）

薫はその趣き深さに、彼女を憎み切れないのでした。

②後攻：薫

大君と結ばれたい薫は一計を案じます。中の君を恋い慕う匂宮を連れ、まずは二人を結婚させようと考えたのです。宇治を訪れた匂宮は、弁の協力もあり、中の君の部屋へ入ることができました。そうとも知らず、薫が中の君と結婚する気になったと聞いていた大君は、薫を中の君のもとへ行かせようとします。

しかし、薫は「匂宮が中の君の部屋に入ったようです」と知らせます。「え、こんな策略をされるとは…」と大君は目がくらみました。「これも過去世からの因縁、とあきらめてください。もはや私たちが清い関係だと思う人はいないでしょう」と薫は障子も引き破りそうな勢いです。大君は、冷静に場を収めようとします。「過去世からの因縁と言われても納得できません。今はただ苦しくて下がらせてほしいだけ…」

薫は気恥ずかしく、大君をいじらしくも思います。とらえていた彼女の袖を離しました。ためらいながら奥に這い入る大君に愛おしさは募ります。

薫は眠ることもできずに、一人夜を明かし、翌朝、「こんな目に遭った人が今までいるだろうか」と、歌を詠みました。

しるべせしわれやかへりてまどうべき　心もゆかぬ明けぐれの道

（案内をした私がかえって迷わねばならないのか。満たされない思いで帰る夜明けの暗い道を）

大君は小さな声でこう返します。

かたがたにくらす心を思いやれ　人やりならぬ道にまどわば
（あれこれと悩む私の気持ちにもなってください。ご自分から好んで道に迷われるのでしたら）

匂宮と中の君の結婚

その後、匂宮と中の君は結婚することになりました。老女房たちは、匂宮と結婚した中の君のことを喜び、薫を拒み続ける大君の頑固さを悪く言います。

大君といえば、老女房たちの姿にわが身の老いゆく姿を重ねずにいられません。「あの方（薫）にお会いするのは気が引ける。もう一、二年もすればいっそう衰えるであろうし…」と自らの痩せた手を眺めながら、世の中を思います。薫が大君を慕うように、大君もまた薫に好意を抱くようになっていました。しかし、大君は想いを伝える気も、結婚する気もありません。彼女は老いた自分の姿を薫に見られ、幻滅されるのが怖いのです。

また、当時は一夫多妻の時代ですから、結婚しても他の女性に心が移ることはよくありました。実際、中の君と結婚した匂宮は、家の事情ではありますが、なかなか宇治に来ることができなくなってしまいます。大君は、結婚して心が離れていく哀しみを味わうくらいなら、最初から結ばれない方がいいと考えていたのでしょう。

大君の最期…。薫に漏らした本音

このあと、妹が匂宮に裏切られたと感じた大君は、ショックのあまり体調を崩してしまいます。聞きつけた薫が見舞いに訪れました。大君は頭をもたげて話をし、妹を憐れんで泣くばかりです。さらに匂宮が身分の高い女性を正妻に迎えるという噂を耳にし、妹のことは遊びだったのかと、大君はますます生きる気力を失っていきます。

少しして胸騒ぎを覚えた薫が再び見舞いに行くと、大君は予想以上の重体でした。彼女は苦しい息の下から「来てくださるのを待ちわびながら、死んでいくのかと残念でした」と答えます。薫にやっと少し本音を漏らしたのです。そんなに待たせていたとは、としゃくりあげる薫は胸が張り裂けそうでした。つらくて恥ずかしい大君は顔を覆います。

彼女は薫の人柄を有り難く感じ、強情で人の気持ちも分からない女だった、という思い出だけが残るのは嫌でした。薫から夜通し薬を勧められますが、口にしようとしません。死を意識する大君は出家を願いますが、女房たちに泣き騒いで止められました。

いよいよ大君は最期の時を迎えます。その姿は弱々しくとも、見れば見るほど美しく、薫の魂は抜けてしまいそうでした。

彼女は「妹を私と同じように思ってほしいとお願いしましたのに」と恨みます。薫は「あなたから他の人に心を移せなかった。でも中の君のことは心配なさるな」と慰めました。やがて大君は草木が枯れるように、静かに息を引き取ったのです。

まとめ——「理想の女性のままでいたい」大君の願い

上流階級の出身でありながら、家が没落し、華やかな都から寂れた宇治に移らざるを得なかった大君。自身が光源氏の本当の子ではないことを知り、出生に悩んでいた薫。人生へのむなしさを深めていた二人は、似たもの同士で、惹かれあうのはごく自然なことだったのでしょう。

しかし、幸せが儚いものだと知っていた大君は、どうしても薫の想いを受け入れることができませんでした。近い関係になれば、いつか幻滅され、心が離れるつらさを味わうことになると思ったからです。

「薫の中で理想の女性のままでありたい」と願う気持ちもわかるだけに、結ばれなかった二人の姿が切なく映ります。

第十九回　中の君

中の君は愛され上手な末っ子タイプ！
匂宮との結婚生活のゆくえ

中《なか》の君《きみ》は光源氏の異母弟、八宮と正妻の間に生まれました。生まれてまもなく母を亡くし、姉の大君《おおいぎみ》とともに父の手によって育てられます。大君《おおいぎみ》は奥ゆかしく慎重派だったのに対し、妹の中の君は、おっとりしていて可愛らしく、前向きなタイプです。彼女にもさまざまな困難がやってきますが、うまく乗り越えてゆきます。

【今回のおもな登場人物】

・中《なか》の君《きみ》：この回の主人公。
・匂宮《におうのみや》：光源氏の外孫で、中の君の夫となる人。
・薫《かおる》：光源氏の末子で、中の君の面倒を見てくれる人。
・大君《おおいぎみ》：中の君の二歳違いの姉。

・八宮《はちのみや》：大君と中の君の父。
・浮舟《うきふね》：中の君の異母妹。大君に似ている。

匂宮からのアプローチ

中の君を語るときに欠かせないのは、匂宮の存在です。彼は帝と明石の中宮（光源氏の娘）の第三皇子で、両親から誰よりも可愛がられていました。光源氏の末子である薫とは歳も近く、二人そろって当代きっての貴公子と言われています。

あるとき匂宮は、薫から宇治に美しい姉妹がいることを聞きました。もとより好色な匂宮は、関心を持って宇治の山荘に遊びに出かけ、しばしば手紙を送るようになったのです。匂宮には、恋愛抜きの付き合いという前提で、中の君が返事を書きました。匂宮は中の君に想いを寄せ、ほのめかしますが、中の君はつれない態度です。

彼は、姉妹が父である八宮を亡くして傷心の時にも、たびたびお悔やみの手紙を送ってきました。悲しみに沈みきっている中の君は返事などできません。

四十九日も過ぎた時雨の降る夕方、匂宮から長い手紙が届きます。「牡鹿《おじか》の鳴く秋の夕暮れ、どんなお気持ちで過ごしておられるのでしょう。あまり返事がないのもどうかと」などと書かれていました。姉である大君から返事を勧められても、中の君は泣きしおれています。「私には書けそうもありません。起きていられるようにはなったけれど、悲しみにも限りがあると思うと、そんな自分が情けない」と。妹を見るに見かねて、大君が代わりに返事を書くのでした。

中の君と匂宮の結婚

その後も中の君と匂宮はたびたび手紙を交わしますが、匂宮が思いを込めた手紙を送っても、中の君は取りつく島もありません。匂宮はつまらない気持ちになります。一方、大君に想いを寄せる薫も、進展がないことに悩んでいます。大君は、中の君と薫が結婚することを望んでいます。それならば、と薫が一計を案じ、匂宮と中の君を先に結婚させてしまうことにしたのです。思惑はうまく行き、二人は結婚することになりますが、中の君にとっては、まったく不本意な結婚でした。

大君を中心に結婚の準備が進んでいきますが、ここで匂宮に大きな障害が立ちはだかります。中の君との結婚三日目の夜、母である明石中宮から勝手気ままに出歩いていることを諌められ、非常に出かけにくい状況となってしまったのです。正式に結婚が成立するには、男性が女性のもとに三日間通い続けるのが習わしです。宇治では、夜になっても手紙が届くのみで匂宮の来訪がなく、みんな落胆しきっていました。ところが、夜中近くになって、嵐の中を匂宮が訪ねてきたのです。中の君も少しは心がなびいたことでしょう。

嵐の中の来訪

匂宮は中の君に、「厳しい状況の中、身を棄ててやってきた」と訴えます。「今後、訪ねられないことが続いても、私の愛を信じてほしい。いずれ都にお迎えしましょう…」と。

二人は明け方の空をともに眺めました。明るくなるにつれて浮き上がる中の君の美しい顔立ちに、匂宮は感動します。宇治橋を眺め宇治川の流れを聞きながら、姫君たちのこれまでの境遇を思い、涙しました。立ち去りがたい匂宮は歌を詠みます。

中絶えんものならなくに橋姫の　かたしく袖や夜半に濡らさん

（私たちの仲は絶えるはずはないが、あなたは宇治の橋姫のように、ひとり寝の袖を涙で濡らすこともあるでしょう）

悲しそうな中の君は、次の歌を返します。

絶えせじのわがたのみにや宇治橋の　はるけきなかを待ちわたるべき

（絶えるはずはないという約束を頼りに、長い宇治橋のように長い絶え間を待たねばならないのでしょうか）

彼女は見送った後の、匂宮の移り香をせつなく感じていました。中の君にとっては思いがけない結婚ではありましたが、彼女は、気詰まりな薫より匂宮に親しみやすさを覚えるのでした。

中の君が乗り越えた三つの困難

匂宮と結婚した中の君には、次々と困難がやってきます。彼女が乗り越えた三つのできごとを見ていきましょう。

①匂宮が宇治に来られなくなる

無事に結婚した二人でしたが、都に戻った匂宮は身動きが取れなくなり、宇治への来訪が途絶えてしまいます。手紙だけは日に何度も送られてきました。匂宮は、中の君を厚遇して都に迎えたいと考えています。しかし中の君は没落した家の娘ですから、匂宮はなかなか両親の理解が得られそうもなく、苦慮していました。

そんな中、薫が紅葉狩りを口実に匂宮を宇治へ連れ出す計画を立てます。当日、宇治に到着した一行は管弦や詩作でたいそう盛り上がりました。その後、本当は中の君のもとへ立ち寄るはずだったのですが、匂宮の母である明石の中宮が早々に迎えをよこし、匂宮は帰らざるを得ませんでした。匂宮が宇治へ来たことを聞いていた姉妹は、彼が立ち寄らずに帰ってしまったことに大きな衝撃を受けます。匂宮の事情を知らない中の君にすれば、すぐ近くにいて、素通りされるのはとてもつらいことでした。

姉の大君は、この出来事をきっかけに男性不信を強め、体調を崩してしまいました。しかし中の君は、つらくても匂宮の約束を信じます。「あんなに約束をしてくださったのだから、このままで終わるはずがない」と。このあと、大君は亡くなります。中の君にとって、父亡き後唯一の支えは大君でしたから、大きな衝撃を受けました。薫の悲嘆も深いものでした。

それを見た明石の中宮は、宇治の姉妹が大切な存在だと理解し、匂宮が中の君を都に引き取ることを許します。

②匂宮が身分の高い正妻を迎える

実は、中の君が都に迎え入れられる前、匂宮と六の君との縁談が進んでいました。六の君は光源氏の息子である夕霧の子どもで、身分の高い女性です。匂宮が六の君を妻に迎えれば、当然彼女が正妻になるでしょう。しかも六の君は、教養も容姿も素晴らしい女性だともっぱらの評判です。中の君は結婚の話を聞き、父である八宮の遺言に背いて宇治を離れたことを後悔せずにはいられません。

二条院を訪ねてきた薫に、自分を宇治へ連れ出してほしいと頼みますが、とんでもないことだと諭されてしまいました。匂宮と六の君の婚儀の日、匂宮と中の君は二人で月を眺めます。中の君は、高貴な身分の匂宮の愛情を独占するのが、そもそも無理なことだと思い知らされます。

匂宮は「すぐに帰ってきます!」と言って出かけていきました。見送る彼の後ろ姿が涙でかすみます。月が上り夜が更けていくまま、中の君は思い乱れ、歌を詠まずにはいられません。

山里の松の蔭にもかくばかり　身にしむ秋の風はなかりき
（宇治の山里の、松の陰の住まいにも、これほど身に染みる秋風が吹くことはなかったことよ）

匂宮は、右大臣である夕霧の婿になったという立場上、中の君へは夜離《よが》れがちになっていきます。中の君はなんとかして宇治に帰りたいと考えるようになりました。

しかし、この後中の君は男の子を出産します。後継となる男の子を産んだことで、中の君に対する世間の目も変わり、安定した生活が送れるようになりました。

③薫から言い寄られる

薫は匂宮と六の君の婚儀のことを聞き、中の君を気の毒に思いました。「移り気な匂宮のことだ、新しい女性に心を移すだろう。私が中の君を迎えておけばよかった…」と匂宮を中の君に引き合わせたことを後悔します。二条院へ行って中の君と話をしていると、彼女の声が亡き大君そのものに感じられます。薫は手折ってきた朝顔の花を扇に置き、御簾の中にさし入れます。

よそへてぞ見るべかりけるしら露の　契りかおきし朝顔の花

（形見と思って私のものにすればよかった。白露（大君）が、そのように約束して置いていった朝顔の花…あなたを）

中の君は次のように歌を返しました。

消えぬまに枯れぬる花のはかなさに　おくるる露はなほぞまされる

（露が消えないのに枯れてしまう朝顔の花のような、はかない命の姉君でした。あとに残る露のような私は、いっそう儚い身です）

これ以降、薫は何かにつけて中の君に想いをほのめかすようになります。中の君は「姉君が生きていたら、こんな心を持たなかっただろう」と悲しく、匂宮の心が離れる嘆きより、薫から訴えられる恋心が苦しく思われるのでした。

ある日の夕方、再び薫が二条院を訪問しました。彼は、「亡きお方（大君）を偲ぶ人形（ひとがた：代わりとなる人形）を作りたい…」と言います。やはり大君のことが忘れられないようです。

中の君は「人形《ひとがた》といえば…」と、先日訪ねてきた女性が亡き大君にとてもよく似ていたことを話します。この女性は浮舟と呼ばれ、中の君の異母妹です。薫はこの女性に関心を寄せるようになりました。

大君にそっくりな浮舟

浮舟は関東から都にやってきた女性です。ある事情で、浮舟の母から彼女の世話を頼まれた中の君は、浮舟を二条院に引き取りました。中の君は浮舟を薫と結び付けてはどうかと思っています。ところが、二条院に戻ってきた匂宮が浮舟を見つけてしまったのです。匂宮は、浮舟を新しく入った女房と勘違いし、好き心のまま言い寄りました。ちょうど匂宮に宮中から呼び出しがあり、浮舟は難を逃れたのですが、すっかり怯えてしまいます。

中の君は浮舟を自室に招き、絵などを見せて慰めます。浮舟のおっとりと上品で美しい様子を見て、亡き大君その人のように感じます。「本当に懐かしい顔立ちのこと。亡き父にもよく似ている」と涙ぐみます。重々しい風情が備われば薫の相手として不足はない、と考えるのでした。

この後、浮舟は薫や匂宮の間で板挟みになり、苦しみます。中の君は、大君と浮舟の生き方を見てきて、しみじみと思います。「悲しくも儚い命で、それぞれに深い悩みを持っていた姉妹だった。その中、私だけがそんな悩みも知らないから生き長らえているのかしら。けれど、それもいつまで続くというのでしょう」と。

中の君の特徴がわかる二つの場面

さまざまな困難に直面しつつも、結果的にはなんとかなっているのが、中の君の特徴です。それは決してたまたまではなく、彼女に、うまく生き抜く力があったからではないかと思います。二つの場面から見てみましょう。

①相手に歩み寄る

匂宮が思うように宇治へ来られなくなったとき、中の君はショックを受けます。そして「やはりうわさどおりの浮気な方かもしれない」と嘆きました。しかし、中の君が都へ迎えられることになり、宇治から都までの道中、彼女は遠く険しい山道の様子を目の当たりにします。匂宮が宇治へ通うことはいかに大変だったか、想像します。彼がなかなか宇治へ来られなかったのも、少しは理解できる気がするのでした。

ただ一方的に責めるのではなく、相手の事情を理解し、心理的に歩み寄れる。そんな中の君だったからこそ、匂宮に大切にされたのではないでしょうか。

②許されてしまう可憐さ

匂宮と六の君の結婚に衝撃を受けた中の君。彼女は、様子を見に来た薫を御簾の中に招き入れ、宇治に連れ帰ってほしいと懇願します。薫は中の君への思いを抑えきれず、思わず中の君の袖を捉えましたが、彼女が懐妊していることを知り、引き下がりました。中の君は自分は匂宮の妻であるとかえって自覚します。

そのあとやってきた匂宮は、中の君に薫の移り香が深く染みついていることに気づきました。「これ程の香りが染みつくとは、何もかも許したのでしょう」となじります。中の君にはいわれのないことです。彼女は、「こんな香りくらいで私たちの夫婦仲も終わってしまうのでしょうか」と歌を詠んで涙ぐみます。その可憐さと愛らしさに、匂宮はこれだから薫も心引かれるのだ、と涙を落とすのでした。

本人は無自覚かもしれませんが、中の君には末っ子らしい愛らしさがあり、周りの人に上手く助けてもらえる魅力があったのかもしれません。

まとめ——どんなときも前向きに生きた中の君

大君や、これから紹介する浮舟とは違い、大きなドラマがないように感じられるのが中の君の人生です。だからこそ、私たちにも身近な存在であり、親しみやすいヒロインなのではないでしょうか。彼女は、宇治十帖の三人の女性の中で、最も順風満帆な暮らしを手に入れていま す。それは、さまざまな悩みに直面しながらも、彼女が前向きに生きてきた結果ではないかと思います。

一番印象的だったのは、匂宮が宇治への外出がままならなくなったとき、大君はショックを受けて男性不信に陥りましたが、中の君は匂宮との約束を信じました。つらいことがあっても、懸命に生きようとする人には、いい環境が整ってくる。それを体現したのが、中の君という女性だったのかもしれません。

第二十回　浮舟

最後のヒロイン・浮舟の波乱万丈の生涯
薫と匂宮との三角関係の結末とは

浮舟《うきふね》は、八宮と、女房（お世話する人）だった中将の君との間に生まれた子です。しかし、八宮から認知してもらえず、母とともに追い出され、東国で育ちます。ヒロインたちの中で最も身分が低い浮舟は、不遇な人生を歩む中で薫と出逢います。更には匂宮とも出逢ってしまいます。二人の間で板挟みとなる浮舟は、いったいどうなるのでしょうか。ドラマのような浮舟の人生を、一緒にたどってみましょう。

【今回のおもな登場人物】

・浮舟《うきふね》：この回の主人公。
・薫《かおる》：光源氏の末子で、浮舟を亡き大君に重ねる。
・匂宮《におうのみや》：光源氏の外孫で、浮舟に心惹かれる。

・中《なか》の君《きみ》：浮舟の異母姉。
・八宮《はちのみや》：浮舟の父だが、浮舟のことを認知していない。
・中将《ちゅうじょう》の君《きみ》：浮舟の母。

波乱万丈な浮舟の人生

浮舟の母「中将の君」は八宮に仕える女房でした。八宮は正妻を亡くしたばかりの頃、寂しさに耐えかねて中将の君と結ばれました。やがて誕生した女の子が浮舟です。後には「俗聖《ぞくひじり》」とまで言われた八宮ですが、この時、浮舟をわが子と認めず、中将の君ともども追い出しました。

中将の君は幼い浮舟を連れて、後の常陸介《ひたちのすけ》の後妻となり、東国で生活を始めます。多くの兄弟姉妹の中、一人だけ父の違う浮舟は、常陸介から疎まれて成長しました。中将の君はそんな娘が不憫で、何とかして晴れがましい結婚をさせてやりたい、と願っていました。

東国から都に戻って、中将の君は自分の一存で浮舟の婿を決めます。しかし、財産目当てだった相手は、浮舟が常陸介の実子でないと知るや破談にし、なんと浮舟の異父妹に乗り換えます。常陸介は実の娘の結婚を大いに喜び、浮舟のために用意された婚儀の品々も部屋も一切、妹のために取り上げてしまったのです。あまりの仕打ちに耐えかねた中将の君は、二条院で暮らす中の君（浮舟の異母姉）に浮舟を預けることにしました。

匂宮との出会い

さて二条院に預けられた翌日、突然見知らぬ男が浮舟の部屋に入ってきて、慣れた様子で口説いてきました。結局、事無きを得ましたが、浮舟は悪夢の心地で、全身が冷や汗でぐっしょりとなり、震えが止まりません。好色と噂の匂宮だと分かれば、なおさらです。

事の次第を聞いた中将の君は、すぐさま浮舟を三条の家へ移します。まだ造りかけの粗末な小さな家で隠れるように暮らすことになりました。中将の君から心配する手紙が届きます。浮舟は自身のふがいなさに泣きながら、「所在なさなど、なんでもありません。かえって気楽です」と歌を返しました。

ひたぶるにうれしからまし世の中に　あらぬところと思わましかば
（ただひたすらに嬉しいことでしょう。ここが憂き世でなく別世界であると思うことができたら）

青天の霹靂…。薫と宇治へ

それからしばらくして訪ねてきたのが薫です。「宇治でお見かけしてから、恋しく思っておりました」と強引に入ってきました。

彼はかつて、浮舟のもう一人の異母姉である大君《おおいぎみ》に恋をしましたが、死に別れました。大君のことが忘れられない薫は、彼女にそっくりな浮舟を身代わりとして手に入れたいと思っていたのです。あまりの身分差もあり、浮舟への思いやりやためらいは全くありませんでした。

浮舟にとっては青天の霹靂です。逃げようもなく、彼と一夜を過ごしました。翌朝、浮舟は薫に抱き上げられ、何も聞かされないまま車に乗せられます。どうやら宇治へ向かうようです。薫が亡き大君への恋しさを募らせる横で、彼女はすっかりうつ伏していました。

宇治に着くと、川や山の景色が美しく映える山荘の様子に浮舟は慰められますが、当然不安な気持ちになります。薫は「あなたはなぜ、あんな田舎で何年も暮らしていたの」と言いながら一人で琴を弾きます。浮舟はこうした遊びには無縁です。浮舟はひどく恥ずかしくなり、白い扇をいじりながら横たわっています。その横顔は透き通るように白く、大君と似ていました。

薫は浮舟に音楽のたしなみも教えたいと思います。東国育ちの浮舟には、音楽などの教養がありません。しかし、「大和言葉ですら不似合いな育ちです。なので、大和琴（和琴）を弾くなどはとても」と返す機転はありました。

匂宮は浮舟を求めて宇治へ

一方匂宮は、二条院で出逢った女性（浮舟）が忘れられませんでした。妻である中の君に尋ねますが、中の君は薫の気持ちを考えて知らないふりをします。

ところが、正月に浮舟から中の君へ年賀の品と手紙が届きました。中の君は知り合いの娘からとうそをつきますが、匂宮は相手が浮舟だと察したのです。

匂宮は浮舟の居場所を調べて、薫が宇治に隠し住まわせていることを知りました。

ある晩、宇治の山荘に出かけ、浮舟を見つけました。薫を装い、暗闇の中、女房の右近を騙して寝所に入ります。田舎育ちの浮舟には、薫と匂宮の香りの違いは分かりません。やがて相手が匂宮だと気付き、驚いて呆然とします。中の君にも申し訳なく、浮舟は声を上げて泣かずにはいられませんでした。

匂宮に惹かれていく浮舟

翌朝、匂宮は滞在を一日延ばして帰ろうとしません。浮舟は薫にしていたように匂宮の朝の洗面の介添えをしようとします。でもこれは女房の仕事。匂宮は不愉快に思い、「あなたがお使いなさい」と勧めます。

浮舟は落ち着いた薫を見慣れていたのですが、会えねば恋死しそうなくらいの匂宮を目の前にして、愛情が深いとはこういうことだろうかと身に染みます。浮舟はまた端整な薫と違うタイプの匂宮を、繊細で美しく気品があると感動しました。

匂宮はさらさらと若い男女が添い臥している絵を上手に描き、「いつまでもこうしていたいね」と語り、浮舟は涙がこぼれてしまいます。匂宮は、次の歌を書きつけました。

長き世をたのめてもなおかなしきは　ただ明日知らぬ命なりけり

（二人の仲を末長くと約束しても、やはり悲しいのは、明日をも知れぬ命のはかなさです）

浮舟は、次の返歌を書きます。

心をばなげかざらまし命のみ　さだめなき世と思わましかば

（明日をも知れないのが命だけならば、変わっていく人の心を嘆かなくてもすむでしょうに）

匂宮から何度も薫とのいきさつを尋ねられて困惑しながらも、ただ一途に想いを訴える匂宮の情熱に、浮舟の心は傾いていきます。夜も明けきらないうちにと、匂宮は引き裂かれる思いで帰っていきます。浮舟も切ない思いで歌を詠みました。

涙をもほどなき袖にせきかねて　いかに別れをとどむべき身ぞ

（涙さえ私の狭い袖では拭いきれないのに、こんな身の上の私にどうしてあなたとの別れをせき止められるでしょう）

板挟みになる苦悩

二月になり、薫は久しぶりに宇治を訪問します。浮舟は大変後ろめたく、空さえも自分をにらんでいるようで恐ろしく感じました。そう思いながらも、匂宮のことばかりが思い出されます。さらにまた薫と一夜を過ごすのかと思うとつらく、匂宮が今夜のことを聞いたらどう思うか、苦しくてなりません。

匂宮と浮舟の逢瀬を知らない薫は、浮舟の様子を見て、彼女が情の分かる大人の女性として成長したのだと喜びます。さらに「あなたを迎えるところは出来上がってきましたよ」と言うのです。実は昨日、匂宮も「あなたが暮らす静かなところを見つけて用意した」と知らせてきました。浮舟は胸が痛みます。

匂宮になびいてはいけない、と思うその先から匂宮の面影が浮かび、「なんと嫌な浅ましい自分だろう」とばかり思えて泣いてしまいました。

夕月夜に二人で外を眺めます。涙を流す浮舟に薫は、歌を詠みかけます。

宇治橋のながき契りは朽ちせじを　あやぶむかたに心さわぐな

（宇治橋のように、先の長い私たちの約束は朽ちないのだから、危ぶんで心悩ませることはない）

浮舟はこのように応じました。

絶え間のみ世にはあやうき宇治橋を　朽ちせぬものとなおたのめとや

（板の絶え間が多くて危ない宇治橋なのに、それでも朽ちることはないと信じていいのでしょうか。訪れも途絶えがちなのに、頼りにしていいのでしょうか）

浮舟がどこまでも受け身な二つの理由

ここまでの浮舟の様子を見て、どう思われるでしょうか。「浮舟はなぜ、自分の意思で動かないの？」「嫌なら嫌と言えばいいのに」と感じる方も少なくないかもしれません。しかし浮舟には、流されるしかなかった理由がありました。

①生きるために必要だった

浮舟は実の父から認知されず、育ての父からも疎まれていました。幼いころから、味方となってくれるのは母である中将の君だけ。浮舟にとっては、生きることイコール、お母さんに従うことでした。

また当時、女性が一人で生計を立てて生きていくことは、ほとんどないと言ってもいいでしょう。父や夫など、男性に支えてもらうのが、女性の生きる道でした。薫と出逢ってからは彼が頼りで、浮舟に断るすべなどなかったのです。

②圧倒的な身分の低さ

なんといっても浮舟についてまわるのは、その身分の低さです。実の父にも育ての父にも不遇な扱いを受けた彼女の身分は、中流以下だったでしょう。明石の君も身分の低さにコンプレックスを持っていましたが、彼女は父親から大切にされ、一流の教育も受けていました。浮舟とは大きく違います。

一方、薫は上流貴族の中でも最も将来有望な人物でした。そして匂宮は、ゆくゆくは皇太子になることを期待されていた人物です。平凡な一人の女性が、このような将来を約束された人たちと対峙して、自分の意見を言えるわけがありません。だからこそ浮舟は、どんなに不本意なことでも、受け入れるしかありませんでした。

匂宮とのひととき

浮舟の悩みをよそに、薫に対抗意識を燃やす匂宮は、無理に時間を作って浮舟のもとへ出かけます。雪の降る夜更け、思いかけない匂宮の訪れに、浮舟は心打たれました。浮舟を川向こうの家へ連れ出す計画をしていた匂宮は、浮舟を抱き上げて小舟に乗せ、そのまま宇治川を渡っていきます。有明の月が空高く澄み、水面が月光できらきら輝く場所で、船頭が「橘の小島です」と船を止めました。

その緑の深さに、匂宮は歌を詠みかけます。

年経《ふ》ともかわらぬものか橘の　小島の崎に契る心は

（長い年月が経っても変わるものか、橘の小島の崎であなたに後々までもと約束する心は）

浮舟は、こう返すのでした。

橘の小島の色はかわらじを　この浮舟ぞゆくえ知られぬ

（橘の小島の緑は変わらないように、あなたの心も変わらないかもしれませんが、水に漂う浮舟のような私はどこへ行くのでしょうか）

永遠を約束する匂宮に、表面上は応じた浮舟ですが、彼の心が変わらないとはとても思えなかったでしょう。薫の存在も考えれば、わが身はどうなるのだろうという不安な気持ちだったかもしれません。二日間をともに過ごす間、匂宮は「こっそり連れ出して隠したい」と繰り返し話し、薫には逢わないようにと求めてきます。浮舟は返事もできず、涙がこぼれるばかりでした。

思いつめる浮舟

その後も、薫と匂宮からそれぞれ手紙が届きます。匂宮は三月末ごろ、薫は四月十日に浮舟を引き取ると決めていました。浮舟は、「今のままならとんでもない事態になるだろう。匂宮様は私が山奥にこもっても必ず見つけ出して、匂宮様も私も身を滅ぼすに違いない」と悩みます。

浮舟の母である中将の君が宇治に訪れ、そばの人たちに「娘が京に移ることになりました」と話しかけます。みなは薫と匂宮のうわさをし始め、匂宮の好色ぶりが話題になります。

母は「この娘が匂宮と不都合な問題でも起こしたら、私は二度と顔を合わせないでしょう」と言います。浮舟は胸が潰れてしまいそうでした。

浮舟が、「この身を失くしたい」と思っていると、女房たちが「先日、子どもが川に落ちたとか。命を落とす人の多い川だこと」とうわさします。宇治川の流れが恐ろしい響きを立てていました。浮舟は母と会えなくなる気がして、そばにいたいと願いますが、中将の君は妹の出産の準備があり、かないませんでした。

匂宮との関係が薫に発覚

そしてとうとう、浮舟と匂宮の密通が薫に知られてしまいます。宇治の邸で、薫と匂宮の使いが鉢合わせたためです。薫から浮舟へ、裏切りをなじる文が送られてきます。

波越ゆるころとも知らず末の松　待つらんとのみ思いけるかな
(あなたが心変わりしているとも知らず、私を待ってくれているとばかり思っていたことよ)

「私を笑い者にしてくれるな」とだけあり、浮舟は胸が潰れます。宛先が違います、と文を薫に戻しました。薫は、見たことのない機転だな、と微笑み、浮舟を憎みきれません。

その後、薫は、屈強な男たちに宇治の邸を警護させるようになりました。「不審な者がいれば、厳重に処罰する」ということです。そんな中、浮舟は匂宮から「必ず迎えに行く」という文を受け取りました。匂宮の面影が浮かび、手紙を顔に押し当てて激しく泣きます。返事はとてもできません。

浮舟からの返事が途絶えた匂宮は、またしても必死の思いで宇治に出向きます。しかし、今までとは打って変わった強固な警備に、引き揚げざるをえませんでした。

「私さえいなくなれば…」浮舟の選択

右近と女房の侍従の君からは、「どちらかお一人にお決めください」と言われましたが、浮舟は途方に暮れるばかりです。浮舟の立場からは、どちらかを選ぶことなどできませんし、選んだとしても相手に迷惑をかけることに変わりありません。「どちらの方に決めても、ひどく恐ろしいことが起きるだろう。私ひとりが死ぬのが一番いい。間違いを犯した私が生きて落ちぶれて世間のもの笑いになるなら、母は私に死なれるよりつらいはず」と思えてきます。

薫や匂宮、母のこれからを思いめぐらして、自分ひとりがいなくなればいいと考えたのです。眠れないまま夜が明け、宇治川を眺める浮舟。屠所に引かれていく羊よりも、死が近い気持ちになります。匂宮からの文の返事には、次のように書きました。

からをだに憂き世の中にとどめずは　いずこをはかと君もうらみん

（亡き骸さえもつらいこの世に残さなかったならば、あなたはどこを目当てに私をお恨みになるでしょうか）

薫には、自分がどうなったかは分からずじまいにしたい、とそのままにしました。京にいる母からは、「あなたのことで不吉な夢を見ました。心配で、あなたに会いに行きたいのだけれど…」と書かれた手紙が届きます。母への返事には、次のように書きました。

のちにまたあい見んことを思わなん　この世の夢に心まどわで

（のちの世でまた会えると思っていてください。この世の夢に心を迷わせないでください）

また、このような歌を書きつけた紙を何かの枝に結び付けます。

鐘の音の絶ゆるひびきに音《ね》をそえて　わが世尽きぬと君に伝えよ

（鐘の音が消えていく響きに、私の泣く音を添えて、私の命も尽きたと母に伝えてもらいたい）

翌朝、浮舟の姿が忽然と消え、宇治では大騒ぎになります。事情を知る右近と侍従の君は、書き置きからも浮舟の入水を確信します。訪れた母、中将の君には事の次第を語り、周囲に真相が露見しないようにと、亡き骸のないまま葬儀が行われるのでした。

流されるまま生きるしかなかった浮舟

実の父から認知されず、育ての父には邪険に扱われ、不遇な人生を送ってきた浮舟。東国から京にきても、安心できる場所はなかったでしょう。更には薫と匂宮との板挟みで苦しむことになりました。身分の低い彼女には拒否権も決定権もなく、流されるままに生きていくしかなかったのです。

薫を選べば、匂宮が破滅する。匂宮を選べば、薫を傷つける。どちらも選べない浮舟にとっては、自分ひとりいなくなること以外の選択肢は考えられなかったのでしょう。

さて、周囲に何も知らせず、突然失踪した浮舟。周囲の人々は彼女が死んでしまったと思っていますが、実は彼女は生きていました。

『源氏物語』の結末が示唆するものとは？　浮舟の姿から示した人生の在り方

川に入って自殺してしまったと思われた浮舟。実は彼女は生きていたのですが…。このあとどのように生きていくのでしょうか。

【新しいおもな登場人物】

・横川《よこかわ》の僧都《そうず》：浮舟を助けた高僧。
・妹尼：横川の僧都の妹。浮舟を献身的に介抱する。

生きていた浮舟

実は浮舟は、邸より下流にある宇治院で倒れていました。横川に住む高僧、横川《よこかわ》の僧都《そうず》の弟子たちが、うっそうとした大木の下に白いものが横たわっているのを発見したのです。木の根元に身を寄せて泣いている女人でした。弟子たちは、魔物か狐が化けたものではないかといぶかりますが、横川の僧都は「まぎれもない人間である」と断言します。

弟子の一人は、「大雨になりそうです。このまま放置すれば死んでしまうでしょう。垣根の外に出しましょう」と僧都に進言しました。行き倒れの人をよく見かけた当時では、当たり前の言動だったようです。しかし、横川の僧都は次のように言いました。「ほかならぬ人ではないか。命あるものを見捨てるとは無慈悲なこと。たとえ一日、二日の余命であっても、大切にせねばならない。非業の死を遂げる者でも、仏は必ず救いたもう。薬湯を飲ませて、最善を尽くさねばならない」非難する弟子もいるなか、浮舟を助けるよう指示をしたのです。

横川の僧都との縁

さて、横川の僧都に助けられた浮舟を、僧都の妹尼が介抱することになりました。浮舟を見て、「亡き娘がよみがえったよう」と涙を流します。しかし、浮舟は衰弱するばかりで、「生き返っても甲斐のない身です。宇治川に投げ入れてください」とつぶやくのみでした。

その頃、薫の想い人だった姫君が急に亡くなり、葬儀が行われたと知らせが届きます。女房たちは、「昨夜の火は葬送の煙のようではなかったのに」といぶかりました。

浮舟が見つかってから二か月が経過しましたが、まだ彼女に回復の兆しが見えません。悩む妹尼は、山にこもっていた兄の僧都に下山を懇ろに頼みます。弟子たちは「朝廷からの要請さえも断って山に籠もっていられるのに、何者とも分からぬ若い女のために下山するとは…」と懸念します。僧都は「齢六十を超えて、そんなことで非難を受けるのなら、それも過去世からの種まきよ」と言い放つのでした。

果たして、浮舟は僧都の見舞いを受けて、はっきりと意識を取り戻したのです。

妹尼たちの介抱で回復

目覚めた浮舟が見たのは、見知らぬ老僧や老尼たちでした。浮舟は自分がどこに住んでいたか、どんな名前なのかさえ思い出せません。「身投げするつもりだった…。死を願いながら波音激しい川を前にすくんでいた。匂宮らしき美しい男に「さあ来なさい、私のところへ」と抱かれ、どこかに置かれて…。その後の記憶は全くない」。死に損なったとわが身を恥じて、薬湯すら口にしようとしません。

しかし妹尼たちは献身的に介抱し、やがて浮舟は起き上がり食事を口にするまで回復します。失っていた記憶も徐々に戻っていきました。回復した浮舟は、出家を望み、「どうか尼にしてください」と訴えます。妹尼は僧都に願って五戒だけを授けさせました。

五戒とは、在家の仏教信者が守るべき戒律を授けられるということで、正式な出家ではありません。

僧都が帰ったあと、妹尼が浮舟の身元を尋ねますが、はっきりと返事ができません。「この世に私がまだ生きていると誰にも知られたくありません…」と泣き出します。亡き実の娘よりも美しい浮舟を得た妹尼の喜びは尽きないのですが、かぐや姫のように消えてしまわないかと心配でした。

秋になって、月の美しい夜には妹尼が琴〈きん〉の琴などを弾きます。楽器に触れる機会があまりなかった浮舟は、憂いの思いを歌に託して、手習《てならい》（心に浮かぶまま古歌などを書き記すこと）ばかりしていました。

身を投げし涙の川のはやき瀬を　しがらみかけてたれかとどめし
（涙にくれて身を投げた川の早瀬に、誰がしがらみをかけて私を引き留めたのでしょう）

助けられたことが情けなく、この先もどうなるのかと思いやられます。今になって思い出すのは、浮舟を何とか幸せにしたいと一生懸命だった母や乳母くらいでしょうか。

自分の半生を振り返る

九月になり、妹尼たちから長谷寺参りに誘われます。浮舟は「昔、母たちにご利益があるからと言い聞かされて、度々連れ出された。けれど何の甲斐もなかった。自分の命すら思い通りにならず、例えようもなく悲しい目に遭っている」とつらく、断りました。妹尼は無理に誘うことはせず、浮舟をおいて出かけます。

その留守中に、妹尼の亡き娘の婿だった中将が訪ねてきました。中将は浮舟の姿を垣間見て、浮舟に恋心を抱いていたのです。周囲も中将と浮舟の結婚を望みましたが、浮舟は煩わしくてなりません。訪ねてきた中将は浮舟に迫りますが、浮舟は母尼の寝室に入って逃れました。

中将からは逃げることができましたが、浮舟は老尼たちのとどろくいびきが恐ろしく、取って食われるのではないかと生きた心地がしません。

眠れない浮舟は、自分の半生を振り返らずにいられませんでした。実父である八宮の顔も知らず東国で育って、流離の人生を送ってきた。異母姉である中の君と束の間親しみ、縁あって薫の想い人になり、またも突然匂宮と結ばれて…。「なぜ匂宮をあれほど慕わしく思ったのだろう」と悔やまれ、今は薫の誠実な優しさが、思い出されます。

浮舟は出家を懇願

翌日、横川の僧都が下山するとの知らせがありました。出家をしたいと常々思っていた浮舟は、チャンスは妹尼のいない今日しかないと考えます。浮舟は、到着した僧都に必死で懇願しました。「死を求めながら、なぜか生き長らえて…。お世話くださったご親切は身に滲みておりますが、世間並みには生きていけそうにありません。どうか出家を」

僧都は当初、「若い身空で…。たとえ今の決意は固くても…」と応じません。しかし浮舟はなおも必死に訴えます。「幼い頃から悩みの絶えない身でした。分別がつくようになってからは、変わらない幸せがほしいという気持ちが深くなりました。自分の命も刻々と短くなっているように感じられます」

僧都はついに弟子の僧に浮舟の髪を下ろすよう命じます。やがて滞りなく浮舟は出家を遂げることができました。喜びが込み上げ、結婚などを考えずに生きられる、と胸も晴れる思いでした。

薫の様子を聞き、揺れる心

長谷寺から小野に帰ってきた妹尼は、浮舟の出家を知って落胆しました。「あなたが安心して生きていけるよう、お参りしてきたのに」と激しく嘆きます。それを、浮舟は実の母の悲しみを遠く思いやります。浮舟の出家に驚いた中将からの手紙には、次の手習歌を返します。

心こそ憂き世の岸を離るれど　行方も知らぬあまの浮木《うきき》を

（心だけはつらい俗世の岸を離れたけれども、この先のことはまるでわかりません。水に漂う浮木のような尼の身であることよ）

僧都は「今はひたすら勤行をしなさい。老少不定の世の中です」と言い、漢詩の句を引きながら、山里での寂しい出家生活に耐えるよう教え諭します。浮舟は願った通りにお話くださる、と有り難く聞いていました。出家してから少し明るくなった浮舟は、勤行にも励み、じつにたくさんのお経を読んでいました。

そのころ、薫に仕える者が小野を訪れます。薫が想い人を亡くしてもうじき一周忌、その準備の依頼に来たのですが、そこで薫の悲嘆の深さを語ります。浮舟は、薫の様子を聞き、彼が自分を忘れないでいることに胸が迫ります。同時に母の嘆きはいかばかりかと思いを馳せました。

そして一周忌が過ぎた頃、薫は浮舟が生きていたことを知ったのです。

薫、浮舟の生存を知る

薫は、浮舟に逢いたいと思いを巡らせます。以前から交流のあった横川の僧都のもとに立ち寄り、浮舟のことを尋ねました。僧都からこれまでの経緯を聞き、薫は浮舟のいる小野の庵への手引きを頼みます。

一方、浮舟は小野の里で、深く茂る青葉の山に向かい、遣水の蛍を昔懐かしむ慰めに見つめながら、物思いに沈んでいました。そこへ谷の方向から先払いの声がして、数多くの松明の灯と、ものものしい様子が見えます。薫の行列でした。「月日が過ぎても、こうして昔のことが忘れられない。今さらどうなるものでもないのに」と憂鬱になります。

浮舟はひたすら阿弥陀仏を念じ、いつにもまして黙っていました。

大切な家族への想い

薫は浮舟の異父弟である小君《こぎみ》を小野へ行かせます。ちょうど同じころ、小野には僧都から手紙が届きました。妹尼は手紙を読んで、浮舟と薫に深い関係があることを知ったのです。驚いて浮舟を問い詰めますが、浮舟は困惑するばかりでした。

そこへ小君が僧都の手紙を持って訪ねてきます。「過去世からの因縁を大切に。薫の君の『愛執の罪』を晴らしてあげなさい。一日だけの出家でも功徳は計りしれない。これまでのように仏縁を求めていきなさい」とありました。

僧都は、浮舟に「還俗（出家から元の生活に戻ること）して薫と結婚しなさい」と言っているようにも受け止められます。御簾の外に目を向けると、小君の姿が映ります。入水を決意した日、本当に恋しく思った大切な弟です。母の様子が聞けない悲しさに涙がこぼれます。

浮舟の決断

「弟君でしょう。御簾の内に入れておあげなさい」と妹尼は言います。浮舟はためらっていましたが、語り出します。「かすかに記憶が戻ってくるなか、母君のことだけが気がかりで悲しく思われました。この弟にも生きているとは知られたくありません。母君だけにはお会いしたく思います。僧都の文にある男性には絶対知られたくありません。人違いと言って、かくまってください」

妹尼は、僧都は隠すことができないお方だから、それは難しいと答え、小君を中に入れます。浮舟は、小君が持ってきた薫からの手紙を受け取りました。「今までのあなたの重い罪は、僧都に免じて許しましょう。今はただ夢のような出来事について語り合いたい」

薫の手紙を読んで、浮舟は涙にくれ、突っ伏します。「お返事を」と妹尼に責められ「何も思い出せません。…人違いでは」と手紙を妹尼に押しやり、衣に顔を引き入れて臥せってしまいました。

小君は浮舟に会えず、手紙の返事ももらえず、しょんぼりして帰りました。

やっと報告を聞いた薫は、使いを出さないほうがよかったか、誰か男が浮舟を隠しているのかと、自分がかつて同じように浮舟を放置した経験から、あらぬ疑念を抱き煩悶するのでした。

まとめ――最後に人生を選び取った浮舟

五十四帖の長編物語は、ここで幕を閉じています。

自分の人生にすら決定権を持たなかった浮舟が入水、最後には出家と自分で人生を選び取りました。紫式部は、浮舟の姿を通して、一つの人生の在り方を示したのです。

ここまで『源氏物語』に登場するヒロイン二十人をご紹介してきました。二十人の中にあなたの「推し」となる人はいたでしょうか？

おわりに

紫式部が『源氏物語』に込めた思いとは？　人間存在の意味を求めた人生

ヒロインが二十人いれば二十とおり、他の人にはない個性や人間味を感じられたことでしょう。

かつて知人に、どうも魅力に乏しいと思うヒロインを挙げてもらいました。不器用で頑固、衝撃的な容姿と描写されていた末摘花、光源氏がほんのたまにしか立ち寄らない花散里、いつまでも幼女のような女三の宮。そして…ヒロインという受け止めはまずされていない弘徽殿女御。

でも、読んでみていかがでしたか。自分に不利な状況となっても、一途に光源氏を待ち続けた末摘花は非常に信頼できる人柄です。

物語の中で目立たず、光源氏が癒やされたい時だけたまに立ち寄る花散里は、決して不満を見せず、自分のできることに粛々と取り組んでいました。晩年は光源氏の第一夫人になり、穏やかな余生を過ごしています。

幼いと言われがちな女三の宮も、おおらかな性格で気楽に付き合える面がありました。母となっても変わらず可愛らしい姿は、永遠の少女と言っても過言ではありません。

弘徽殿の魅力は、現代人かと思うような冷静な観察眼でしょう。男性優位の時代にありながら、帝や父親にも物おじせず、光源氏を追い詰める姿は、キャリアウーマンのようでもあり、政治家のようでもあります。

『源氏物語』の作者・紫式部ってどんな人？

最初に紹介しましたが、作者の紫式部は、深い教養とさまざまな経験をもとに『源氏物語』を書きました。ヒロインはそれぞれ個性的で、そこには紫式部の姿が多少なりとも投影されているのかもしれません。そこで最後に、作者の紫式部について触れていきたいと思います。

紫式部はユネスコで世界の偉人に選ばれた人ですが、はっきりした生没年や本名は分かりません。十世紀末頃に生まれ、十一世紀初め頃に亡くなりました。四十～五十代くらいまで生きたのでは、と言われます。実の母親はもの心つく前に亡くなったようで、彼女は学者である父、藤原為時に育てられました。

父の邸で同母の姉や弟と共に育てられますが、一夫多妻制の時代、父には結婚して間もない妻がおり、それらの邸に泊まることも多かったでしょう。きょうだい三人、肩を寄せあって暮らしていたことと思います。

紫式部の三つの特徴

では、紫式部はどんな人物だったのでしょうか。彼女の人柄がよくわかるエピソードをいくつか紹介しましょう。

①幼い頃から聡明だった

紫式部は幼い頃から聡明でした。父である為時は弟に漢籍を教えていても、なかなか覚えられません。横で聞いていた紫式部がスラスラと暗誦するので、「この子が男の子だったらよかったのに」といつも言っていたというエピソードがあるくらいです。彼女は幅広い学問、教養、技芸を身につけました。『源氏物語』には、漢籍や経典、歌集、物語、日記など、幅広いジャンルの文献が引用されています。書名だけ挙げられているものも多く、とてつもない読書量が分かります。音楽、絵画、舞踊、衣装のコーディネートのセンスについても、現代のその道のプロが舌を巻くほどです。

世界的翻訳家のエドワード・G・サイデンステッカー氏が千年に一人の才女、と言うのは決して誇張表現ではありません。

②好奇心旺盛

また、彼女は好奇心旺盛な子どもだったようです。

ある年の夏、夕方に青白い尾を引くほうき星が何日も空の一角に光っていたことがありました。女房たちが不吉だと怖がっていたのが非常に記憶に残ったようで、ちょっとした日常のできごとにも関心を持っていたことが分かります。

都が激しい暴風雨に襲われた時には、多くの家屋が倒壊し、役所の建物や大通りの門まで倒れたと聞いて、見に行こうとしました。とんでもないことだと乳母に止められましたが、ここからも彼女の性格がよく分かります。

③気が強い

紫式部は気の強い女性でした。

彼女が十代の後半頃のこと、河原で僧侶が陰陽師のまねをして祓いをし、謝礼を受け取っているのを目にします。紫式部は僧侶がそんなことをするものでないと知っていたのでしょう、「あんな坊主こそ、ハラってやりたいわ」と言い放ったのです。

やがて親子ほど年の離れた男性と結婚しますが、彼女の気の強さは変わりません。夫に対して「私と結婚してどう？　〝近まさり〟したでしょ」と言ってのけました。近づいてがっかりするという意味の「近おとり」の反対です。夫婦げんかをすれば、夫がぐうの音も出なくなるまでやり込める、非常に勝ち気な女性です。

人生を深く考えていた紫式部

そんな紫式部が書き進めた『源氏物語』は評判となり、彼女は藤原道長の娘である彰子の家庭教師に選ばれました。宮仕えを始めた頃は、女房たちとうまく付き合えず、いじめのターゲットになり、数か月ほど引きこもります。『源氏物語』の執筆者ということから、同僚たちに「お高くとまっている」と思われてしまったのでしょう。しかし復帰した後は、あえて「一」という字さえ知らないような態度で周りの人に接し、「思ったよりも親しみやすい人」と受け入れてもらえるようになりました。

やがて『源氏物語』は、帝や当代一の学者からも高く評価されるようになります。娘も立派に成長し、名声を得て十二分な生活を送っていたでしょう。しかし紫式部は、人生についての悩みを抱えていました。

『源氏物語』には紫式部の人生観が色濃く反映されています。紫式部が人生について深く考えていたことが分かるポイントを三つ見てみましょう。

①物事の本質をよく見ていた

『源氏物語』が書かれた当時、亡くなった人などが物の怪になって、人々に病や死などの災いをもたらすと広く信じられていました。公的な文書にも記されていたようです。

しかし、紫式部は次のように詠んでいます。

亡き人にかごとをかけてわずらうも　おのが心の鬼にやはあらぬ

（亡くなった人が物の怪になって取りついていると、濡れ衣を着せて苦しんでいるが、自分の心の鬼のせいではありませんか）

心の鬼とは疑心暗鬼、良心の呵責のことでしょう。『源氏物語』の本編でも、物の怪を見たり声を聞いたりしているのは光源氏一人だけという描かれ方です。彼自身の心が生み出したものだと語っているのでしょう。

また当時は、陰陽道によって口時や方角などを占い、それに従って行動するのが常識でした。しかし『源氏物語』では、示される吉凶に忠実な人ほど、従った行いによって大変な目に遭っています。

紫式部は人間洞察も非常に深く、『源氏物語』の中では、身分や立場に関係のない、人間のありのままの姿を描いていました。物事の因果関係や人間の本質をよく見極めていたからこそ、このように書けたのではないでしょうか。

②無常を強く感じていた

紫式部は早くに母を亡くし、さらに、若くして年子の姉も亡くしました。母代わりとも最も身近な親友とも言える存在で、大きな衝撃でした。

〈宇治十帖で中の君が二歳上の大君を亡くした時の悲嘆、寂しさに表れているのでは、と思わずにい

られません）

ただ、彼女にとって非常に大きな痛手になったのは、夫、藤原宣孝の死でした。結婚生活三年たらずの別れに、勝気な性格が内向的に変わってしまったというのですから、よほどショックだったのだと思います。そういった中で、紫式部は、命は有限で儚いという無常観を持つようになったのではないでしょうか。

『紫式部集』には、無常を詠んだ歌がいくつも収められています。

消えぬまの身をも知る知る朝顔の　露とあらそう世を嘆くかな

（わが身もあっという間に死んでいく儚い命と知りながら、朝顔と露が競って消えていくように人が亡くなっていくこの世の儚さを嘆いていることよ）

亡き人をしのぶることもいつまでぞ　今日のあわれは明日のわが身を

（亡き人を悲しみ慕うこともいつまで続くことか。今日人の死を無常だと知らされていることが、明日はわが身に訪れることなのに）

こういったところからも、紫式部が人生を深く見つめていたことが窺えます。

③人間存在の意味を求めていた

彼女は、人生を凝視する中で自分はなぜ存在しているのか、人生の意味は何かと苦しんでいました。

心だにいかなる身にかかなうらん　思い知れども思い知られず

（私のような者の心でさえ、どのような身になったら満足できるのだろうか。どうなっても満足できない者だと分かっているが、あきらめきれないことだ）

周りの人々を相次いで亡くし、自分もいずれ旅立たねばならないと思えば、続かない満足は本当の満足ではありません。変わらぬ安心、満足を求めずにいられませんでした。

いずくとも身をやるかたの知られねば　うしと見つつもながらうるかな

（どこに向かって生きていけばいいのか分からない。だから苦しいと思いながら、生きながら

えていることです）

これは、『紫式部集』の最後に、彼女があえて置いたであろうと言われる歌です。人間存在の根本意義を問う歌として有名です。

ヒロインたちが出家を求めたのはなぜ？

そんな紫式部が晩年に求めたのは、出家でした。そういえば、『源氏物語』のヒロインたちには出家した、あるいは出家を望んでいた人が多くありました。現代には馴染みのない習慣ですので、本書を読んでいて疑問に思われた方もいるかもしれません。ヒロインたちの出家する理由には三パターンありました。

①難を逃れるための出家

空蟬、藤壺、女三の宮があてはまります。

空蟬は、親子ほど年の離れた夫が亡くなった後、言い寄ってきた継子から逃れるために出家しました。当時は、出家した人と男女関係を持つことが禁じられていたからです。

藤壺は、再び関係を持とうと必死な光源氏を思いとどまらせるために出家しました。光源氏との秘密の関係が露呈すれば、我が子も自分も身の破滅ですから、最悪の事態を避けるには必要なことでした。

女三の宮は、不義の子を産んだことで冷たくなってしまった光源氏との関係から逃れるために出家をしました。出家をすれば婚姻関係も解消し、別々に暮らすことになります。光源氏との縁は切れませんでしたが、女三の宮が自分で決断したことには大きな意味があったでしょう。

②病や老いがきっかけの出家

六条御息所、朝顔、朧月夜などが、このパターンでした。

当時は今よりもはるかに平均寿命が短く、四十歳で初老と言われていた時代です。朧月夜も朝顔も、四十代になれば人生も残り少ないと自覚したでしょう。朧月夜は恋愛に生きた女性で、朝顔は光源氏からの求愛を拒み続けて独身を貫いた女性ですから、対照的な生き方の二人です。しかし、最後に出家を求めたという点では共通していました。

六条御息所が出家をしたのは二十代後半でした。彼女は重い病にかかり、死を意識した時に出家を求めずにはいられなかったのでしょう。

③真剣に人生に悩み、幸せを求めて出家

紫の上は光源氏の反対によって実行こそできませんでしたが、真剣に出家を望んでいた一人です。彼女が出家を望んだ一つのきっかけには、女三の宮の降嫁がありました。それまで、紫の上は光源氏の正妻格として側で彼を支えてきました。自分が一番大切にされ、生活も安泰だという自負があったかもしれませんが、自分よりも身分の高い女三の宮が来たことにより、立場が奪われてしまいます。幸せは儚いものと知らされ、出家への気持ちが強くなっていったのです。

また、『源氏物語』の最後のヒロインである浮舟も真剣に出家を求めました。彼女は、実の父にも育ての父にも受け入れられず、幼いころから波乱万丈の人生を歩んできました。都に来てからは薫と匂宮という二人の男性の間で板挟みとなり、一時は自殺未遂にまで追い込まれます。その結果、出家し、最後までその生き方を貫いたのです。

浮舟に理想を重ねた紫式部

『紫式部日記』には、紫式部が出家したいと思っていたことが記されています。変わらぬ安心満足を求めずにいられなかったのでしょう。

人、というともかくいうとも、ただ阿弥陀仏にたゆみなく経をならいはべらん
（人が、あれこれ言ってきても、ただ阿弥陀仏に向かって気を緩めることなくお経を学んでまいるつもりです）

しかし、彼女自身は出家に踏み切れない心も抱えていました。そんな中、『源氏物語』を書き進めて最後に登場させたのが浮舟です。地位も学問もなく、出家できる境遇ではない彼女が出家を遂げ、家族や薫への思いも残っていながら、出家の道を貫く。どんな障害にも負けず、本当の幸せを求めようとする浮舟の姿に、紫式部自身の理想を重ね合わせたのではないでしょうか。また紫式部には、変わらぬ安心満足を求めるのは本来の人間の姿だという思いもあったことでしょう。浮舟に人間の理想を重ねたと言えるかもしれません。

実際浮舟は、二十人のヒロインの中で最も一般的で、身近に感じられる女性です。容姿も教養も、大方のヒロインと比べると見劣りしてしまいます。このように平凡な浮舟が、『源氏物語』という壮大なドラマの最後のヒロインになったのは、人間が求めるべき普遍的なものを示したかったからだと思わずにいられません。

あっという間に年老いて世を去っていく人間が、人生において求めるべきものは何か。作者の紫式部にとっても、切実な問題だったのでしょう。

「人は何のために生きるのか。」

このテーマを胸に抱きつつ、紫式部は『源氏物語』を書いたのではないでしょうか。

なぜ生きるかの答えが明言されている古典として思い出すのは『歎異抄』です。

二十世紀最大の哲学者であるハイデガーも生きる意味を求めていた一人で、彼が晩年の日記に深い感銘を受けたと記したのが『歎異抄』だったそうです。ハイデガーだけでなく、多くの知識人を魅了し、今なお繰り返し読まれている『歎異抄』。紫式部がもし現代に生きていて『歎異抄』と出会っていたら、夢中になったに違いありません。

叶うことなら『歎異抄』をひらいて、紫式部と人生を語り合ってみたいものです。

あとがき

数ある文学作品の中で、なぜ『源氏物語』なのか、よく尋ねられます。
私にとっては、日本文学研究者、エドワード・G・サイデンステッカー氏の自伝を読んだことがきっかけでした。氏は、『源氏物語』は、数多くの文学作品の中でも抜きん出たものであり、たとえ報酬が無くても翻訳したかったと語っておられます。史上二人目となる英訳で『源氏物語』を世界に広めたサイデンステッカー氏は、川端康成氏のノーベル文学賞受賞に翻訳で貢献したことでも有名ですが、最晩年には、仏教書『なぜ生きる』（高森顕徹：監修・明橋大二・伊藤健太郎：著・一万年堂出版）の英訳の監修に取り組まれました。（英訳は弟子のジュリエット・W・カーペンター氏です）
また、月刊誌に『源氏物語』に関する連載を始めた頃、元東大名誉教授の秋山虔氏から、『源氏物語』と仏教の関わりはもっと研究され、もっと語られるべきだと助言を頂きました。
紫式部は三百年後の『歎異抄』に続く点線上を歩いていたとも言われますが、先述の源氏物語愛好家でもいらっしゃるジュリエット・W・カーペンター氏が『歎異抄をひらく』（高森顕徹：

著・一万年堂出版）も英訳され、世界に広がる『源氏物語』の深奥に踏み込む扉を開けられたのは感慨深いことです。

これらの視点を大切に、これからも皆さまとともに『源氏物語』を探求してまいりたいと思います。

常田正代

二〇二四年四月

著者紹介

常田正代（ときだ・まさよ）

三重県生まれ。三重県立上野高校、神戸大学教育学部卒業。

卒業後、大阪府立高校の国語教員となる。

海外の源氏物語研究者たちと交流を深め、ドナルド・キーン氏からの助言、励ましを得て、『源氏物語』かたりとなる文章を執筆してきた。

2017年にはインドのネルー大学、日本語学科の招待を受け、『源氏物語』の講演をする。まとめてきた『源氏物語』かたりの文章は、インドの国立大学の電子版テキストになっている。

推しが見つかる源氏物語　平安ヒロイン事典

2024年　6月8日 初版第1刷発行

著　　者：常田正代

発 行 者：前田智彦

発 行 所：武蔵野書院
〒101-0054
東京都千代田区神田錦町 3-11 電話 03-3291-4859　FAX 03-3291-4839

装　　幀：武蔵野書院装幀室

印刷製本：三美印刷㈱

ISBN 978-4-8386-1014-3　Printed in Japan